불량 여신

어둠을 쫓는 달

박에스더 장편소설

불량 여신

어둠을 쫓는 달

네오픽션

보름달이 뜨던 낮	7
산그림자	101
그믐의 바다에 지는 것	209
작가의 말	289

보름달이 뜨던 낮

하늘은 맑고 쾌청했다.

바람에 나부끼는 색색 연등의 그림자가 깨끗이 쓸어낸 절 마당에 드리워졌다.

"날씨 좋네."

보름이 쓰고 있던 선글라스를 위로 밀어 올렸다.

그러자 가려져 있던 길고 깊은 눈이 훤히 드러났다. 눈동자가 그려내는 경계가 시퍼렇게 날이 서 있었다. 너무 희고 너무 검다. 그래서 괜스레 고개를 돌리게 만드는 시선이었다.

창백하리만큼 새하얀 얼굴, 길고 가느다란 눈썹.

보름의 얼굴엔 시리도록 푸른빛의 서늘함이 한 겹 드리워져 있었다. 그건 누구도 깨트릴 수 없을 것 같은 아주 얇고 단단한

막이었다.

서늘한 얼굴을 한 보름의 옆에는 키가 훤칠한 남자가 서 있었다. 짙은 눈썹과 우뚝한 코, 그 밑으로 보이는 단단한 턱선. 깊은 그의 눈은 보름과는 다른 느낌으로 번뜩였다. 마치 야생의 맹수처럼.

산호가 낮은 목소리로 보름에게 말했다.

"이제 들어오는 것 같다."

보름이 저 아래 절의 입구 쪽을 쳐다보았다.

줄지어 멈춰 선 자동차에서 검은 상복을 입은 사람들이 우르르 내렸다. 가장 앞에 들어오는 건 영정 사진을 든 여자였다. 그 뒤로 남자들이 열을 맞춰 절 안으로 들어왔다.

몸을 뒤튼 사천왕이 눈을 부릅뜬 채 안으로 들어오는 자들을 내려다보았다. 절 마당으로 쏟아지는 밝은 햇빛이 기름을 발라 넘긴 남자들의 머리칼에 번뜩임을 남겼다. 상복을 입은 남자들의 손등과 목덜미에는 화려한 문신이 새겨져 있었다.

"그렇군."

그제야 보름 역시 자리에서 일어났다.

이곳은 근방에서도 기세 좋기로 유명한 산에 자리 잡은 절이었다. 평소에는 늘 신도들이며 여행객으로 북적였지만, 오늘만큼은 장례를 치르는 저들 외에는 아무도 없었다.

대웅전 처마 그늘 아래 선 보름이 가장 앞에 있는 여자를 가만히 바라보았다.

검은 소복을 입은 채 영정 사진을 든 여자는 화장기 없는 얼굴이었다. 여자의 손에 들린 사진 속 남자는 늙었고 욕심이 많아 보였으며 죽은 뒤에도 귀신처럼 끈질기게 남아 산 자들의 목숨을 빨아먹을 것처럼 생겼다.

뎅―

종이 울렸다.

햇살이 쏟아져 내리는 절의 앞마당에 도열한 남자들이 전부 고개를 숙였다.

여자 역시 잠깐 고개를 숙였다 다시 들곤 대웅전으로 향하는 계단을 올랐다. 그걸 본 보름이 산호에게 슬쩍 눈짓을 했다. 여자가 그들 쪽으로 올라오기 전에 둘의 모습이 대웅전 뒤를 돌아 사라졌다.

구두를 벗은 여자의 흰 버선이 대웅전 문턱을 넘었다.

동시에 문이 탁, 닫혔다.

옅은 어둠이 깔렸다. 밖에서 남자들이 합장을 하며 웅얼거리는 기도 소리가 들려왔다.

대웅전 안으로 들어온 여자, 윤재는 잠시 그 자리에 서 있었다. 눈이 갑작스러운 어둠에 익기를 바라며.

선향 냄새가 감도는 낯선 자리.

윤재가 받은 메시지의 장소는 이곳이었다.

"……선녀님?"

조심스러운 목소리로 불렀다. 그러나 대웅전 안에서는 아무런 기척이 없었다. 휘황찬란한 금칠을 한 거대 불상만이 제 앞에 온 자를 내려다보았다. 한 번의 눈 깜짝임도 없이.

"선녀님, 저 왔어요."

윤재가 다시 한번 목소리를 냈다.

"시끄러웟!"

안쪽에서 난데없는 불호령이 떨어졌다. 그러곤 쿵쿵거리는 발소리와 함께 누군가 모습을 드러냈다.

"왔으면 조용히 옆에서 기다렸어야지, 어디서 시건방지게 소리를 내?"

밖은 초여름인데도 여우 목도리를 두른 채, 새빨간 벨벳 코트를 입은 여자가 윤재를 사납게 노려보았다.

"죄송합니다, 연화선녀님. 제가 너무 시끄러웠지요."

윤재가 고개를 연신 숙였다. 연화선녀라 불린 여자가 그런 윤재를 쳐다보다 바닥에 철퍼덕 앉았다. 양반다리를 한 연화가 손을 내밀었다.

"왔으면 내놔."

시종일관 뻔뻔한 자세였다. 그러나 윤재는 공손한 태도로 어딘가에 전화를 걸었다. 들고 있던 영정 사진은 한쪽에 밀어둔 지 오래였다.

"곧 상이 들어올 겁니다."

"네 녀석 때문에 배고파 죽겠잖아. 직접 상을 들고 오지는 못할망정."

"죄송해요, 제가 거기까지는 생각을 못 했습니다."

윤재가 비굴한 미소를 지으며 연화를 보았다.

"그나저나 이번 일은 정말 잘 처리해주셨습니다. 연화선녀님의 신빨이 정말 대단하다는 걸 몸으로 느낄 수 있었어요!"

연화가 한쪽에 세워진 영정 사진을 흘깃 보았다.

"제 아무리 권세가 있다고 해도 인간인데 죽지 않고 버텨? 살 맞은 놈치고는 숨이 길긴 했지만."

"정말 감사합니다. 이런 일을 해주실 분이 연화선녀님밖에는 없었어요."

"그래서, 좋으냐?"

연화의 물음에 순간 윤재의 얼굴에 싱그러운 웃음이 피어났다. 입고 있는 검은 소복과는 어울리지 않는 미소였다.

"당연하지요. 선녀님 덕분에 저 새끼가 죽어서 얼마나 다행인지 몰라요. 내가 이 칠성파를 키우는 데 얼마나 도움을 줬는데 그걸 다 잊어버리고 새 부인을 들이려고 하다니."

"원래 사내놈들은 잘해주면 도를 모르고 나대기 마련이니까."

"선녀님 말씀이 맞아요. 결국 나댄 값을 치른 셈이죠."

윤재가 고개를 끄덕이며 영정 사진을 보았다.

사진 속 사람은 윤재의 남편이었다. 윤재가 사주하고, 앞에 앉아 있는 연화선녀가 살을 날려 죽인 남자.

남편을 죽인 이유는 간단했다. 선수 치지 않았으면 오늘 영정 사진 속에 있는 건 윤재 자신이었을 테니까. 죽지 않으려면 어쩔 수 없는 선택이었다.

남편에게 새로운 여자가 생겼다는 것 정도는 금방 알았다. 그는 뭐든지 쉽게 질려하는 성격이었고 윤재도 그걸 잘 알았다. 그래서 이번에도 금방 질려 다른 여자로 갈아탈 거라고 생각했다.

하지만 이번에는 달랐다. 부하들이 그 여자를 작은 사모님이라고 부르는 것을 들었을 때, 그리고 남편이 거느린 칠성파 내부가 개편되고 자신과 친하게 지냈던 실장들이 하나둘 모습이 보이지 않는다는 것을 깨달았을 때, 윤재는 남편이 자신을 쥐도 새도 모르게 죽이고 작은 사모님이라는 여자를 진짜 사모로 만들어줄 거라는 사실을 알았다.

그래서 선택을 내렸을 뿐이었다. 자신이 살아남을 선택을.

그때 추천받았던 사람이 바로 연화선녀였다. 이런 불법적인 일을 설명할 수 없는 방법으로 깨끗하고 빠르게 해치워준다는 이야기와 함께 만난 연화선녀는 기묘한 힘이 있었다.

'신 받은 지 얼마 안 됐거든. 이럴 때 기도를 해야 효험이 좋아.'

연화선녀를 추천해준 이가 그런 소리를 했다.

그래서 그런지 연화선녀는 지금껏 윤재가 본 무당들 중에서도 이상한 축에 속했다. 하지만 그런 것들은 연화선녀의 신빨로 전부 커버가 됐다.

연화선녀가 기도를 시작한 지 정확히 칠 일 후, 남편이 급사했다.

아무런 증세도 없었다. 의사 역시 스트레스로 인한 심장마비 같다며 고개를 내저었을 뿐이었다. 갑작스럽게 죽은 남편 때문에 칠성파는 자연스럽게 윤재의 손에 흘러들어왔다.

"사모님."

비구니 둘이 떡 벌어진 상을 들고 안으로 들어왔다.

그걸 본 연화의 눈이 빛났다. 커다란 상 위에는 절에서는 볼 수 없는 고기반찬이며 커다란 물고기를 구운 것들, 초밥과 육회까지 척척 올라가 있었다.

윤재가 어떠냐고 묻기도 전에 연화가 손을 뻗어 밥과 반찬을 우악스레 집었다. 그러곤 입이 터져라 집어넣기 시작했다.

"마실 것을 좀 내오세요."

윤재의 말에 비구니가 얼른 다시 밖으로 나갔다.

"술도."

연화의 말에 윤재가 다른 비구니에게 고개를 끄덕였다.

"어떠세요? 입에는 좀 맞으신지."

그 말에 대꾸할 틈도 없이 연화가 상 위에 올라간 것들을 모조리 입에 넣었다. 두르고 있던 여우 목도리도 벗어 던져버리고 빨간 외투도 벗어버린 지 오래였다. 허겁지겁 음식을 먹는 연화의 모습은 기괴했다. 그러나 윤재는 그 모습을 아무렇지도 않게 바라보았다.

"여기 더 있습니다."

윤재가 술과 마실 것이 든 병을 내왔다.

그걸 본 연화가 윤재의 손에서 병을 빼앗다시피 가져와 입에 들이부었다.

꿀꺽꿀꺽 술이 넘어가는 소리가 경쾌하게 들렸다. 연화의 턱을 따라 술이 방울방울 떨어져 내렸다. 윤재가 비구니들에게 조그마한 목소리로 물었다.

"다음 상은 언제 준비가 되나?"

"곧 올라올 겁니다."

대답을 들은 윤재가 나가보라는 듯 고갯짓을 했다. 연화는 그런 건 신경 쓰지도 않은 채 먹는 데에만 집중했다. 입술이 기름에 번들거렸다.

"천천히 잡수세요. 다 선녀님 것입니다."

살이 통통하게 오른 닭다리를 잡고 뜯던 연화가 고개를 휙 들었다.

"그래서 또 무슨 부탁을 하려고 이 짓거리지?"

연화의 말에 윤재가 고개를 숙였다.

"저번에 비하면 별것도 아닙니다. 그냥 사람 하나만 찾아주세요."

"사람?"

"저 새끼가 죽자마자 그 여자가 도망쳤거든요. 그 여자를 찾고 싶어요."

"작은 사모라던?"

"네."

"어떻게 하려고?"

"이건 제가 죽일 수 있으니까요. 찾아주시기만 하면 됩니다."

연화가 혀를 찼다.

"사진, 놓고 가."

윤재가 품 안에서 사진 하나를 꺼내 상 위에 올려두었다. 물론 연화는 거기에 눈길도 주지 않은 채 나머지 음식을 먹었다. 그러곤 입을 열었다.

"됐으면 가. 먹는 데 방해된다."

그 말에 윤재가 얼른 고개를 숙였다.

"혹시 다른 것이 필요하시거든 언제든 연락만 주세요. 그럼."

윤재가 조심스럽게 대웅전 밖으로 나갔다. 마지막까지 공손한 태도로 문을 닫았다.

이제 대웅전 안에 남은 건 거대한 불상과 연화와 떡 벌어진 잔칫상뿐이었다. 곱게 부친 산적을 입에 밀어 넣던 연화가 뚝 움직임을 멈췄다.

사납던 연화의 눈이 순간 바뀌었다.

"……어?"

입에서 나온 건 연화의 목소리였지만 아까와는 전혀 달랐다.

표독스럽지도 화에 차 있지도 않은 목소리.

연화가 멍하니 앞에 차려진 상과 음식들을 보았다. 제 손에 들린 음식을 본 연화의 눈에 좌절감이 깃들었다.

"내가 또……."

하지만 그 말은 이어지지 못했다.

전을 들고 있는 연화의 손이 부들부들 떨렸다. 주먹을 꽉 움켜쥐는 손에서 전이 아무렇게나 뭉개졌다.

"아니, 아니."

고개를 저었다. 마치 누군가 연화의 몸을 잡고 흔드는 것처럼 부르르 떨렸다.

그러더니 다시 고개를 든 연화의 얼굴은 아까 윤재를 상대할 때처럼 변해 있었다.

"어디서 감히."

누구에게 하는 것인지 모를 말이 연화의 입에서 흘러나왔다.

"너는 내 것이야. 내 것이라고!"

낄낄 웃는 소리와 함께 연화가 다시 게걸스럽게 음식을 먹기 시작했다. 대충 발라 먹은 구운 물고기의 대가리가 마룻바닥에 툭 떨어져 굴렀다.

순간 밖이 어두워졌다.

장지문에 나 있는 작은 구멍을 통해 저 멀리서 밀려온 먹구름이 사방을 뒤덮은 게 보였다. 대웅전 안에도 아까보다 더 짙은 어둠이 내려앉았다.

그러나 연화는 상관도 하지 않은 채 나머지 음식들을 먹었다. 하지만 다시 한번 움직임을 멈춰야 했다.

장지문을 열고 누군가 들어왔다.

쏴아아—

그와 함께 내리기 시작한 빗소리도 안으로 훌쩍 들어왔다. 습기 찬 공기의 냄새가 났다. 들어온 이의 얼굴이 어둠에 묻혀 잘 보이지 않았다. 연화가 미간을 찌푸린 채 고개를 들었다.

"어디서 함부로……."

"최연화?"

자신의 이름을 부르는 소리에 연화의 표정이 달라졌다.

연화를 향해 천천히 걸음을 옮기는 자는 그리 크지 않은 가느다란 모습이었다. 하지만 연화는 손에 들고 있던 음식을 툭 떨어뜨리곤 자리에서 일어났다. 그림자에서 풍겨 나오는 기운부터 심상치가 않았다.

쩌적!

밖에서 치는 벼락에 앞에 선 이의 얼굴이 보였다.

청바지에 짧은 민소매 톱, 그리고 여름용 블루종 재킷을 입은 젊은 여자의 얼굴.

"누구냐."

연화가 물었다.

그러나 보름은 대답하지 않았다.

"누구냐고 물었어! 감히 이 연화선녀님 앞에서 입을 다물고 있어?!"

새된 연화의 호령에도 보름은 눈썹 하나 움직이지 않았다.

"소리 지르는 거 보니까 맞나 보네. 내가 잘 찾았어."

보름의 말에 연화가 무슨 소리냐는 듯 눈썹을 들어 올렸다.

"최미화, 알지?"

보름의 입에서 나온 이름에 연화가 몸을 움찔거렸다.

"걔가 부탁해서 온 거야. 널 좀 찾아달라고."

연화가 뒤로 휙 몸을 뺐다.

"몰라. 그런 사람."

그 말에 보름이 웃었다.

"모르긴 뭘 몰라. 자, 그냥 쉽게 쉽게 하자고. 여기까지 오느라 오늘 주유비도 좀 들었거든. 빨리 처리하고 다른 돈도 벌러 가야 하니까."

그렇게 말하는 보름을 연화가 가만히 노려보았다.

보통내기는 아니었다. 여기까지 찾아온 것도, 그리고 지금 느껴지는 힘도.

"누굴 모시는 새끼야?"

분명 같은 계열이었다. 신을 모시는 무당이나 술사가 아니라면 저런 힘이 느껴질 수가 없었다.

그러나 보름은 여전히 대답하지 않았다. 연화가 먹다 남은 음식들이 쌓여 있는 상 위를 한번 흘깃 보았을 뿐이었다.

"아직도 배고파? 보니까 내려앉은 지 몇 개월은 된 것 같은

데."

"뭔 개소리야! 안 꺼져? 내가 모시는 신이 누군지 알고!"

연화가 커다랗게 소리를 쳤다.

이렇게 한마디만 하면 사람들은 전부 연화에게 고개를 숙였다. 연화가 갓 신내림을 받은 무당이라는 것을 알면 모두 태도가 달라졌다. 연화에게는 보통 사람들과는 전혀 다른 수단이 있었으니까.

사람들은 자신이 이해할 수 없는 것들에 대해 두려움을 가졌다. 그래서 연화를 무서워했고 그만큼 극진히 모셨다.

"어디서 온 선무당인지는 몰라도 내가 한마디만 하면 너 같은 건 그냥 벼락을 맞고 죽을 거야!"

그러나 소리 지르는 연화 앞에서도 보름은 눈썹 하나 까닥이지 않았다.

"아, 그래?"

되물은 보름이 한 걸음 다가섰다. 뒷걸음질을 친 건 오히려 연화였다.

"그럼 지금 한번 벼락을 내려보든가."

"뭐, 뭐라는 거야! 이 망할……."

"정말로 네가 모시는 신에게 빌어서 벼락이라도 내려보라고. 얼마나 굉장한 신이면 벼락까지 내릴 수 있는지 한번 보고 싶거든."

그 말을 들은 연화의 눈이 희번덕거렸다. 그러더니 제자리에서 뛰기 시작했다.

"와라, 와라, 와라!"

외치는 연화의 말에 따라 열린 문에서 빗물 섞인 바람이 세게 불어닥쳤다.

획.

그와 함께 대웅전 안에 있던 모든 것들의 눈이 이쪽으로 쏠렸다.

늘어서 있는 불상, 사방의 벽에 빼곡하게 들어찬 벽화 속 보살과 선녀들.

그 모든 것의 눈동자가 보름을 향했다.

뭐야 뭐야 뭐야

서왕모의 복숭아나무와 오색 빛 구름, 노루와 거북이 들도 이리저리 흔들렸다.

신기한 것 신기한 것

처음 보는 것 처음 보는 것

살아 있지 않은 존재의 목소리가 사방을 가득 채웠다. 하늘거리는 얇은 옷차림에 파초선으로 입을 가린 선녀들이 계속해서 눈동자를 굴려댔다. 지금 이곳에 있는 보름의 정체가 대체 무엇인지 궁금해하면서.

하늘 하늘이다 하늘이야

선녀들의 목소리가 들렸다. 그리고 그 옆으로 늘어진 무언가. 겹겹의 나무 무늬 위로 천장에 무언가가 드리워져 있었다.

그건 동아줄이었다. 그리고 그 줄에 매달려 있는 건 동자상.

동아줄이 소리를 내며 천천히 흔들렸다. 너는 절대 이 줄을 잡고 극락정토로 갈 수 없다는 듯이. 아래를 내려다보는 동자상의 입술 끝이 위로 호선을 그리며 올라갔다.

보름이 눈을 가느다랗게 떴다. 그러곤 한마디 뱉었다.

"지랄하네."

쾅!

커다란 소리와 함께 천장에 매달려 있던 동자상이 바닥으로 떨어졌다. 나무에 색칠해 만든 동자상이 떨어진 줄을 꽉 붙잡은 채 바닥을 데굴데굴 굴러왔.

동자상의 머리통을 보름이 발로 턱, 하니 잡았다. 축구공이라도 잡는 듯한 모양새였다.

"닥쳐."

그러자 사방이 고요해졌다. 속살거리며 눈을 굴리던 선녀들도, 보살들도 전부 제자리로 되돌아갔다.

"이런 장난 같은 짓으로 뭘 하려고?"

보름이 물었다.

"너, 너 누구야!"

연화의 입에서 완전히 낮은 다른 목소리가 흘러나왔다. 그걸 들은 보름이 씩 웃었다.

"아, 이제 나왔나 보네. 다른 애들도 부르지 그래?"

그 말에 연화의 얼굴이 굳었다.

"너…… 대체 뭐야! 어떻게, 어떻게 알고 있는 거냐!"

"그게 그렇게 궁금해? 그냥 딱 보면 나오는걸. 어디 되지도 않는 잡귀들이 허주신을 만들어서 아무 사람의 몸에나 들어앉아 있어?"

이번엔 연화의 몸이 부들부들 떨렸다.

아까와는 비교도 되지 않을 정도의 큰 움직임이었다.

"싫어, 싫어!"

여러 개의 목소리가 연화의 입에서 나왔다. 이번에는 늙은 남자의 목소리였다.

"이년이 우리를 불렀다. 우리를 불렀다고!"

"필요하다길래 왔고 도와줬을 뿐이야. 그런데 네가 뭔데 잡귀니 허주신이니 하는 소리를 해!"

"이렇게 먹고살게 해준 것도 다 우리 덕분인데!"

이어지는 다른 목소리들.

보름이 길길이 날뛰는 연화를 보았다.

"도와줬다고? 먹고살게 해줬다고?"

"그래!"

연화가 보름 앞에 제 얼굴을 가져다 댔다. 핏발이 선 눈동자는 벌겋게 달아올라 있었다.

"갑자기 어디서 튀어나온 건지는 모르겠지만 그냥 가. 이 몸은 우리 거야. 어디서 이걸 차지하려고!"

이글거리는 연화의 눈동자를 보름이 바라보았다.

"아까 내가 말했을 텐데."

보름이 연화의 멱살을 그대로 휘어잡고 아래로 끌어 내렸다.

커다란 소리와 함께 연화가 바닥에 꽂혔다. 동시에 뭔가가 터져 나왔고 단 위에 놓여 있는 과일들이 아래로 떨어졌다. 산산이 조각난 과일들이 바닥을 굴렀다.

"닥치라고."

보름이 속삭였다.

연화의 몸이 축 늘어졌다. 보름이 잡고 있던 연화의 멱살을 놓고는 사방을 둘러보았다.

"나와. 어차피 멀리 가지도 못한다는 거 알고 있어. 깃들어야 할 신체도 없는 것들이."

끼이익.

이상한 소리가 났다. 보름이 뒤를 돌아보았다. 피할 틈도 없이 커다란 그림자가 보름을 향해 쓰러졌다. 보름이 본능적으로 눈을 감았다.

하지만 그게 보름 위로 떨어지는 일은 없었다.

"일할 땐 제대로 좀 보자고 했지."

쓰러지는 불상을 받친 건 다름 아닌 산호였다. 산호의 말에 보름이 어깨를 으쓱였다.

"안 다쳤으면 됐지."

"이것도 놓고 갔잖아."

산호가 무언가를 보름에게 건넸다. 검은 야구 배트였다.

"아, 안 그래도 찾고 있었는데. 내가 놓고 갔구나?"

"제대로 하는 게 뭐가 있어."

보름이 산호가 건넨 배트를 집어 들고는 말했다.

"그럼 지금부터 제대로 하는 거 보여줄게."

검은 야구 배트를 든 보름이 그대로 허공에 커다랗게 휘둘렀다.

쾅!

큰 소리와 함께 허공에 떠돌던 무언가가 아래로 떨어졌다.

싫어, 싫어! 안 돼! 살려, 살려줘!

사방을 울리는 비명 소리. 나무로 만들어진 마룻바닥에 수많은 손톱자국이 났다. 마치 마지막으로 이것이라도 움켜쥐고 이곳에서 떠나지 않으려는 것처럼.

그러나 보름의 움직임은 멈추지 않았다.

보름이 들고 있던 배트를 그대로 바닥에 내리꽂았다.

"꺼져."

그러자 단숨에 목소리들이 사라졌다. 바닥에 있던 손톱 흔적 역시 언제 그랬냐는 듯 깨끗하게 없어졌다.

"끝."

어깨를 으쓱이며 보름이 자리에서 일어났다.

"내가 말했잖아. 이런 식으로 사람 몸에 신내림을 한 잡귀들은 빨리 끝낼 수 있다고."

"방금 전에 다칠 뻔한 건 생각도 안 해?"

"안 다쳤으면 된 거잖아."

뻔뻔한 대답에 산호가 어이없다는 듯 고개를 저었다.

보름이 배트를 고쳐 들고는 어딘가에 전화를 걸었다.

"여보세요? 예에, 최미화 씨. 언니 찾았습니다."

산호가 대웅전 안을 한번 휘둘러보았다. 아까 상황을 봤을 때 상주였던 여자가 오늘 하루 이 절을 빌린 듯하니 부서진 것들은 그냥 두고 나가도 될 것 같았다.

"내가 말했던 게 맞아요. 허주신을 받았더라고요. 네, 요새 그런 걸로 사기 치는 무당들이 좀 있어요. 되지도 않는 사람한테 괜히 뭐가 있네, 없네 하면서 내림굿으로 돈 뜯어 가고 몸에 잡귀나 들게 하고. 뭐, 처음에는 잡귀도 본인들이 살아야 하니까 영험해 보이긴 하는데요. 그게 얼마 못 갑니다. 다행히 이번엔 언니 몸에 깃든 잡귀들도 다 처리했어요. 예에. 뭐, 감사하실 필요는 없고요. 대신 잡귀 처리 비용은 옵션이라서 그건 따로 지불하셔야 돼요. 네, 문자로 전달드린 계좌로 보내주세요."

그때 바닥에 쓰러져 있던 연화가 몸을 떨며 일어섰다. 그걸 본 보름이 전화에 대고 말했다.

"아, 잠깐만 기다리세요. 직접 통화시켜줄게요."

보름이 연화에게 다가갔다. 연화가 멍한 눈빛으로 보름을 쳐다보았다. 보름이 휴대폰을 흔들었다.

"최연화 씨? 동생 미화 씹니다."

"미화……?"

연화가 그 이름을 중얼거렸다. 보름이 휴대폰을 스피커로 설정했다.

―언니!

휴대폰 수화기 너머로 다급한 목소리가 들려왔다. 그 목소리를 들은 연화의 눈에 눈물이 차올랐다.

"미, 미화야……."

―언니! 도대체 어디서 뭘 하고 있는 거야!

연화는 아무 대답도 못 하고 그저 울기만 했다.

―거기 그 선생님들, 내가 언니 찾아달라고 보낸 분들이셔. 그분들이랑 꼭 같이 집으로 돌아와. 알겠어?

"……미안해."

연화의 대답에 수화기 너머 미화의 대답도 콱 막혔다.

―언니가 미안할 게 뭐가 있어. 그냥 건강히 오기만 해.

보름이 펑펑 우는 연화를 보곤 대신 대답했다.

"일단 돈 받은 만큼은 할 테니 걱정은 마시고 전화는 끊겠습니다."

전화가 끊기자 빗소리가 더 크게 들려왔다.

보름이 연화에게 물었다.

"가실 거죠?"

연화의 얼굴은 텅 비어 있었다. 잠시 가만히 있던 연화가 겨우 고개를 끄덕였다.

그걸 본 보름이 뒤에 서 있던 산호에게 눈짓을 했다.

최근 젊은 여성들의 실종이 이어지고 있습니다. 해당 사건들과 관련하여…….

"안 먹어?"
뉴스가 흘러나오는 텔레비전을 가린 채, 보름이 물었다.
차가운 철제 테이블 위에는 휴게소표 음식들이 차려져 있었다. 라면에 산채비빔밥, 떡볶이와 알감자, 마지막으로 이 지방 특산품이라는 딸기로 만든 주스까지.
그러나 연화의 얼굴은 영 정신을 차리지 못하는 듯했다. 연화가 부르튼 입술로 겨우 대답했다.
"……괜찮아요."
그런 연화를 본 보름이 어쩔 수 없다는 듯 어깨를 으쓱였다.
"그래, 그럼 어쩔 수 없지."
비빔밥 한 입에 라면 한 숟갈씩 열심히 메뉴를 공략하는 보름 옆으로 산호가 털썩 앉았다.
"또 뭘 그렇게 먹어?"
"일하고 왔잖아. 배고파."
"당신은 항상 배고프잖아."
"그럼 괜히 묻지를 말던가. 그러는 넌 맨날 똑같은 메뉴잖아."

보름이 산호가 들고 있는 소떡소떡을 턱끝으로 가리켰다.

"호랑이 티 내는 것도 아니고. 맨날 그것만 먹어. 질리지도 않냐?"

"신경 꺼."

"원하는 바다."

각자 다시 자기의 메뉴에 집중했다.

휴게소 식당에 앉아 있는 그 누구도 이 둘을 주목하지 않았다. 그럴 만한 이유도 없었다. 오로지 둘의 맞은편에 앉아 있는 연화만이 가만히 보름과 산호를 쳐다보았다.

라면과 비빔밥을 해치운 보름이 떡볶이를 먹다 포크를 내려놓았다.

"하고 싶은 말 있으면 해."

그 말에 테이블 위 연화의 손이 바르르 떨렸다.

낮에 윤재 앞에서 태연하게 큰소리치던 것과는 전혀 다른 모습이었다.

"두 분은…… 어떤 분들이신가요?"

"우리?"

보름이 옆에 있는 산호를 보았다.

"그냥 프리랜서."

"네?"

"의뢰를 받으면 해결해주는 거야. 주로 이상한 일 전문이고. 그러니까 허주신에게 걸린 너한테까지 찾아왔겠지만."

"무당 같은 게 아니라요?"

그렇게 묻는 연화의 얼굴은 놀란 것처럼 보였다.

"대부분 그런 일을 해결하긴 하지만 무당은 아니야."

"하지만……."

"그래. 허주신을 받았다고 해도 넌 무당의 기운을 타고났지. 뭐가 보이니?"

그렇게 물은 보름이 가만히 연화를 보았다.

연화가 앞에 앉은 산호부터 쳐다보았다. 굵은 선, 큰 키, 누가 봐도 날렵하고 탄탄한 몸. 그리고 저 눈동자.

"……호랑이."

그 말에 보름이 웃음을 터뜨렸다.

"하하! 아, 뭐야. 생각보다 용한 무당이었네? 허주신도 없는데 그런 걸 다 보고. 그럼 난?"

연화가 보름을 향해 고개를 돌렸다. 그러나 제대로 쳐다보지도 못하고 시선을 내리깔았다.

그건 본능적인 행동이었다. 보름의 검고 깊은 눈과 마주치는 순간, 연화는 그걸 보아서는 안 된다는 생각이 들었다. 보면 안 됐다. '저걸' 그대로 봤다가는 자신이 망가져버리고 말 거라는 직감이 연화를 휘감았다.

덜덜 떠는 연화를 보며 산호가 입을 열었다.

"왜 인간을 괴롭히고 그래?"

그러자 보름이 씩 웃으면서 연화의 손을 쳤다.

"장난 한번 쳐봤어. 이제 봐도 돼."

마치 자신의 속마음을 환히 들여다보는 듯한 보름의 말에 연화의 등골에 소름이 돋았다.

"정말로…… 누구세요?"

보름의 입가에 웃음기가 사라졌다. 그러곤 조용한 목소리로 속삭였다.

"그냥 더 알려고 하지 마. 돈 받은 값만 하고 가면 되니까, 난."

연화가 입술을 깨물었다.

지금 앞에 앉아 있는 사람은 평범한 사람이 아니었다. 아니, 평범할 수 없었다. 단 한 번의 공격으로 자신이 내림받은 신들을 전부 없애버렸으니까.

연화가 받은 신은 하나가 아니었다. 신어머니라는 자는 연화가 가지고 있는 기가 세서 그걸 잠재우려면 적어도 셋은 받아야 한다고 말했다. 첫 번째로 신선이라는 할아버지, 두 번째로는 선녀라는 여자, 마지막으로 동자까지 받았다.

앞으로 잘 모셔야 한다는 말에 늘 몸을 정갈하게 하고 기도를 드렸다. 그리고 그 값으로 사람들의 돈을 받았다.

연화도 하고 싶은 일이 있었다. 그러나 가난했던 집안에서 연화가 할 수 있는 것은 그리 많지 않았다. 언젠가부터 몸이 아프고 이상한 것들이 들렸다. 혹시 몰라 지푸라기라도 잡듯 찾아간 점집에서 신내림을 받아야 산다는 이야기를 들었다. 처음에는 믿지 않았지만 상황은 점점 나빠지기만 했다.

신을 받지 않으면 앞으로 딱 죽겠다 싶을 만큼 아프게 될 거라는, 네가 거부하면 너만이 아니라 네 동생과 어머니까지 죽게 될지 모른다는 말에 연화는 선택할 수밖에 없었다.

오방색으로 꾸며진 방에 들어앉아 줄지어 오는 사람들의 운명을 맞춰냈다. 할아버지와 선녀, 동자가 돌아가면서 계속해서 연화의 귀에 이야기를 재잘거렸다.

어쩌면 쉽다는 생각도 했던 것 같다.

매일 같이 힘들여 일하는 것에 비해서 제 앞에 머리를 조아리는 것들의 지나온 세월이나 대충 읊어주면 돈이 생겼으니까. 아마 그때부터였을 것이다. 그 '신'들이 점점 연화의 몸과 생각과 말을 훔치기 시작한 게.

연화는 자신을 잃어갔다. 이대로는 안 되겠다는 생각에 신어머니라는 자를 찾아가 물어보려 했지만 이미 그동안 연화가 번 돈을 들고 내뺀 지 오래였다.

신들은 절망에 빠진 연화에게 더 큰 돈을 벌어다주겠다며 속살거렸다. 더 위험한 일, 하면 안 되는 일이라는 걸 알면서도 연화는 그들이 시키는 대로 했다. 그것밖에는 다른 방법이 없었고 어차피 망친 인생이라는 생각이 들었기 때문이었다.

그래서 산 자에게 살을 날리고 비방을 하고 부적을 썼다.

점점 더 그런 저주가 필요한 자들만이 연화를 찾아왔다. 출처가 어디인지도 모를 돈을 짊어지고 와 사람을 죽여달라고 부탁했다.

"돈 받은 값……."

연화가 중얼거렸다.

순간 얼음물을 맞은 기분이 들었다. 차가워진 등골, 손이 벌벌 떨렸다.

자신이 돈을 받은 의뢰가 몇 개인지 생각나지도 않았다. 그들은 전부 힘이 있고 돈이 있는 자들이었다. 신과 함께 있던 연화는 그들이 두렵지 않았다. 그들이 원하는 것을 해줄 수 있는 자는 자신뿐이라는 걸 잘 알고 있었기 때문에.

그러나 지금은 달랐다.

"없잖아. 신이 없잖아."

신이 없는 연화는 그냥 여자였다. 아무것도 할 수 없는 보통의 사람.

만약 그들이 연화가 이렇게 되었다는 걸 알아차린다면?

그들이 준 돈은 이미 다 써버렸다. 신들은 화려하고 반짝이는 것들을 좋아했다. 그리고 먹는 것. 연화의 취향도 아닌 이상한 옷과 장신구들을 미친 듯이 사들였고 매일같이 걸신들린 듯 먹었다. 신은 돈을 벌게 해주었지만 결국 그걸 다 쓰게 만들기도 했다.

연화에게 남은 건 아무것도 없었다.

신이 떨어져 나갔다는 걸 안다면 손님들은 연화를 죽이려 들 거였다. 돈도 없고 의뢰도 들어주지 못하는 무당은 쓸모없는 존재였으니까.

거기까지 생각한 연화가 자리에서 일어났다. 철제 의자가 바닥을 끄는 소리가 크게 들렸다. 연화가 바로 바닥에 엎드렸다.

"돌려주세요!"

갑작스러운 행동에 보름과 산호도 이게 뭐냐는 표정이었다. 옆에 있던 사람들이 이쪽을 쳐다보았다.

"지금 뭐 하는 거야?"

보름의 물음에 연화가 머리를 조아린 채 말했다.

"가져가신 제 신들을…… 돌려주세요. 제발 부탁입니다. 제가 이렇게 빌게요! 네?"

"돌려달라고?"

"저 신을 모시지 않으면 살 수가 없습니다. 처리해야 할 일도 아직 많이 남았어요. 정말 부탁드려요. 제발, 제발……!"

저쪽 끝에 있던 사람들도 이제 이쪽에 관심을 가지기 시작했다.

사방을 힐긋 둘러본 보름이 젓가락을 놓고 일어났다.

"너, 지금 네가 무슨 소리를 하는 줄은 알아?"

다가온 보름을 보며 연화가 몸을 덜덜 떨었다.

"자, 잘 알고 있습니다. 그냥 가져가신 제 신들만 돌려주시면 됩니다. 다른 건 바라지도 않아요! 동생이 낸 돈값이 부족하면 제가 더 내겠습니다!"

보름이 어이없다는 듯 한숨을 쉬었다.

"지금 네 동생은 널 제정신으로 만들어달라고 나한테 돈을 냈는데?"

"……그건 알지만 이제 저는 예전으로는 돌아갈 수 없어요. 그러니까 돌려주세요, 제발."

연화가 고개를 들고 보름을 쳐다보았다.

깊고 검은 눈동자.

분명 사람은 아니었다. 뭔가가 더 있었다. 그렇기에 연화가 이렇게 비는 거였다. 저자는 자신이 모시는 신을 데려갈 수도 있었고 또한 되돌려줄 수도 있는 존재였기에.

"제발 부탁드립니다. 제발요!"

비는 연화를 향해 보름이 고개를 기울였다. 보름의 손이 연화의 이마에 닿았다.

"어……."

연화의 눈에 힘이 풀렸다. 동시에 연화가 앞으로 푹 고꾸라졌다. 쓰러지는 연화를 받아낸 보름이 커다랗게 말했다.

"아이고, 얘가 낮부터 술을 먹더니 무슨 추태야!"

그 말을 들은 다른 사람들이 쯧쯧 혀를 차고는 관심을 거뒀다.

산호가 그제야 한숨을 돌렸다. 보름이 산호에게 말했다.

"와서 들어."

산호가 남은 소떡소떡을 한입에 털어 넣고는 얼른 쓰러진 연화를 업었다. 보름이 남은 알감자와 딸기주스를 손에 들고는 산호의 뒤를 따랐다.

찰칵.

문이 열리는 소리가 들렸다. 집 안에는 어둠이 내려앉아 있었다. 빗물에 젖은 우산에서 똑똑 물방울이 흘러내렸다.

"이 사람은 어떻게 해?"

산호의 물음에 보름이 잠깐 고민하다가 짐이 아무렇게나 놓여 있는 거실 소파를 가리켰다.

"일단은 거기에 놔. 동생한테 전화를 걸어서 데려가라고 할 테니."

산호가 연화를 소파 위에 눕혔다. 그러곤 거실과 부엌을 한 번 둘러보았다.

"당신, 또 배달 음식만 시켜 먹었군. 제대로 설거지도 안 하고 말이야."

"아, 진짜 누가 옛날 호랑이 아니랄까 봐 또 잔소리야."

"적어도 같이 사는 공간이니까 예의를 지키라는 소리야. 내가 며칠만 집을 비우면 이 꼴이 되잖아."

"그럼 집을 비우지 말던가."

그렇게 대답한 보름이 안쪽 방문을 열었다.

그러자 방 안 가득히 식물이 들어차 있는 모습이 눈에 들어왔다. 바닥부터 천장까지, 푸르른 잎사귀들이 보름을 향해 흔들렸다. 벽을 타고 오르는 양치식물부터 바닥에 깔린 이끼와

중간중간 피어 있는 꽃들.

보름이 싱크대에서 받은 물을 방 안에 아무렇게나 뿌렸다. 그 모습을 보던 산호는 마음에 들지 않는다는 듯 고개를 내저었다.

"도대체 그것들은 왜 키우는지 몰라."

"남의 취미에 왈가왈부하지 마라, 호랑아. 싫으면 나가든가."

"지금까지 돌봐준 게 누군데."

산호의 말에 보름이 휙 고개를 돌렸다.

"너 없었어도 난 알아서 잘 살아. 난 이 세상에 뒤떨어진 산신들 같지 않거든. 그리고 날 깨운 건 너잖아? 네가 소리만 안 질렀어도 지금도 잘 자고 있을 거였다고."

뭐라고 반박할 틈도 없이 나온 말에 산호가 질렸다는 표정을 지었다.

하지만 보름의 말이 대충 맞긴 했다. 아마 보름은 산호가 없었어도 이 세상에 적응을 아주 잘했을 것이고 자신이 깨우지만 않았어도 어쩌면 아직도 아무것도 모른 채 그 깊은 호수 아래 잠들어 있을지도 몰랐다.

"그래, 다 내 잘못이지?"

산호의 말에 보름이 당연하지 않냐는 얼굴로 고개를 끄덕였다. 산호가 고개를 내젓곤 다른 걸 물었다.

"됐다, 내가 무슨 말을 하겠어. 동생이라는 사람한테 연락은

했어?"

"어. 메시지 보냈는데 바로 출발한대. 그래도 몇 시간은 걸릴 거야."

"그럼 필요한 것 좀 사러 나갔다 올게."

"오는 길에 과자도. 이번에 라임 맛 감자칩이 새로 나왔다고 봤는데, 그거."

보름의 부탁에 산호가 헛구역질하는 시늉을 했다.

"라임 맛이라니."

"호랑아, 너는 모르는 맛의 세계가 있단다."

우산을 집어 들고 나가려던 산호가 소파에 눕혀놓은 연화를 내려다보았다.

"다시 신을 돌려달라는 이야기는 또 처음 듣는데."

"인간들은 인간으로 살지 못하는 것보다 돈이 없는 걸 더 무서워하는 모양이지."

보름의 말에 산호가 약하게 혀를 찼다.

"쯧. 뭐, 신경 쓸 건 아니지만. 나갔다 올게. 제발 여기서 더 어지럽히지만 마."

문이 닫혔다.

보름이 몇 번 더 물을 떠다 식물로 가득한 방 안에 뿌렸다. 안에 있던 식물 하나가 길게 덩굴손을 뻗었다. 그걸 본 보름이 짧게 한숨을 쉬고는 덩굴손을 집어 들었다. 마치 이쪽으로 기어 나오려던 모습의 식물이 보름에게 잡힌 꼴이 되었다. 보름이 그대로 식물을 집어 들어 다시 방 안으로 들어갔다.

"안 돼."

남는 화분을 찾아내 도망치려던 식물을 다시 집어넣었다.

"나오지 않기로 했잖아. 너넨 여기서만 살 수 있다고."

타이르는 듯한 보름의 말에 식물의 잎사귀가 아래로 축 처졌다. 보름의 말을 알아듣는 것 같은 모습이었다.

"밖은 위험해. 알면서."

식물이 어쩔 수 없다는 듯 화분 안으로 들어가 뿌리를 뻗었다.

"옳지."

보름이 고개를 끄덕였다.

다른 것들은 전부 제자리라는 걸 확인한 보름이 다시 문을 닫았다.

"……저건 또 뭔가요?"

뒤에서 들려온 목소리.

어느새 일어난 연화가 커다래진 눈으로 이쪽을 보고 있었다. 보름이 한숨을 쉬었다.

"일어났으면 일어났다고 기척이라도 좀 내던지. 하여간 요새 인간들은 예의가 없어."

그러나 연화는 눈 하나 깜빡이지 않고 물었다.

"저거, 저 방 안에 있는 거, 다 귀신이죠?"

보름이 혀를 찼다. 저 방 안에 모아둔 게 뭔지 알아차린 모양이었다.

"그래서, 뭐."

"저 중에서 하나만 주세요."

"아, 또 헛소리하네."

하지만 연화는 진지한 얼굴이었다.

"아기씨, 제가 이렇게 빌게요. 누구신지는 모르겠지만 아기씨께서는 충분히 그렇게 해주실 수 있잖아요. 네? 그냥 저기, 저 방에 있는 것들 중에서 하나만 저한테 주시면 돼요. 그럼 제가 잘 모시고……."

"뭘 모셔. 인간은 인간답게 살아야 하고 저것들은 저것들대로 살아야 해. 그게 이치다."

연화의 손이 바들바들 떨렸다.

"그럼 왜! 내가 모신 신을 다 없앴는데!"

빽 외치는 연화를 보름이 냉정한 눈으로 바라보았다.

"너도 알잖아. 그걸로는 얼마 가지도 못할 거라는 거. 게다가 네가 받은 게 진짜 신도 아니었잖아."

보름의 목소리는 차가웠다.

"그걸 언제 받았지?"

"……다음 달이면 일 년이었어요."

"그런 잡귀들을 신이라고 받다니. 죽고 싶어서 환장을 했구나. 너도 느꼈을 텐데. 조금만 더 그대로 놔뒀다가는 잡귀들이 네 몸을 차지하고 너인 척 굴었을 거다."

그렇게 말하는 보름에게 연화가 아무렇지도 않은 목소리로 물었다.

"그러면 안 되나요?"

"뭐라고?"

어이없다는 목소리로 보름이 되물었다. 그러나 연화는 지지 않았다.

"그러면 안 되냐고요! 어차피 이렇게 사는 것도 짜증 나요. 더 살고 싶지도 않고요. 그냥 죽지 못해서 사는 거예요. 그게 잡귀든 신이든 상관없어요. 어쨌든 돈을 벌어줬으니까. 지금까지 거절만 당하면서 살아온 나도 어딘가에 쓸모가 있다잖아요. 그게 뭐 그렇게 나쁜 거예요?"

씩씩거리며 숨을 몰아쉬던 연화가 말을 이었다.

"어차피 내 몸이니까. 그것들에게 줘도 상관없었어요. 그런데 당신이 뭔데 내가 모신 신을 빼앗아가요?"

거기까지 말한 연화가 바닥에 주저앉았다.

"어차피 난 죽은 목숨이에요. 신빨이 떨어졌다는 걸 알면 저들이 날 죽이려고 들 테니까. 그러니 여기서 죽나 나가서 죽나 똑같아요. 알아서 하세요. 난 한 발자국도 안 나갈 거니까!"

"허, 인간들이란. 이래서 문제라니까."

"저 방 안에 모아둔 신들 중 하나만 주세요, 그럼!"

"내가 왜 저것들을 방에 가둬놓은 줄 알아?"

"몰라요."

"너 같은 인간한테 붙잡혀서 귀생 망칠까 봐."

그 말에 연화가 눈썹을 찌푸렸다. 보름이 말을 이었다.

"인간들은 혼자서는 살 수 없는 존재니까. 별것도 아닌 일로 신내림을 받게 하거나 귀들을 불러들이지. 자신들이 할 수 없는 일을 이들이 해줄 수 있다고 믿으면서."

"뭐라고요……?"

"성불하지 못한 귀들은 계속해서 실체를 가지고 싶어 하지. 그래서 자신을 부르는 인간에게 쉽게 가버려. 저런 것들이 인간에게 붙들리면 잘해봤자 네가 모시고 있던 허주신밖에 못 돼. 그러다가 깃든 모체가 죽으면 다른 인간을 찾을 수밖에 없지. 그렇게 사는 법밖에 모르니까. 놔두면 언젠가는 새로운 생을 찾을 수도 있는 귀들이 인간에게 잡혀 쓸데없이 시간과 감정을 낭비하는 것뿐이야."

보름의 이야기를 연화는 그저 멍하니 들을 수밖에 없었다.

"요새는 인간들이 귀들보다 더 약았어. 못됐고."

거기까지 말한 보름이 바닥에 앉은 연화를 흘깃 보았다.

"그러니 너에게 줄 그런 건 없다."

"귀들은 저렇게 따로 살 방도를 만들어주시면서, 왜 저는 불쌍히 여겨주시지 않는 거예요? 그냥 제가 맡은 일만 마지막으로 처리할 수 있도록 도와주세요. 딱 그 정도만 해주시면 저도 더 이상 귀찮게 굴지 않을게요!"

바닥에 머리를 댄 연화가 보름의 옷자락을 붙잡았다.

"제발, 제발 부탁드리겠습니다……."

연화의 목소리가 젖어 들어갔다. 보름이 속으로 한숨을 삼켰다.

"제가 이 일을 하지 못하면 목숨이 위험해질 겁니다. 저만이 아니라 동생도요."

연화에게 저주나 비방을 의뢰한 자들은 깨끗한 사람들이 아니었다. 그들은 누구나 쉽게 해칠 수 있는 자들이었다. 만약 자신의 상태를 알리고 받은 돈을 고스란히 되돌려준다 해도 거기서 일이 끝나지 않을 게 뻔했다. 그들은 연화에게 자신들의 적이 누군지, 약점이 무엇인지 말했다. 그걸 모두 알고 있는 연화를 가만두지 않을 거였다. 연화만이 아니었다. 아무런 죄도 없는 동생, 미화가 더 큰 문제였다. 뒷조사를 조금만 한다면 미화의 직장이나 집 주소 정도는 금방 털릴 거였다.

"그러니 동생의 집으로는 되돌아갈 수 없어요. 미화에게는 미화의 가족들이 또 있고요. 제가 그들에게 짐이 될 수는 없단 말입니다."

연화가 울면서 말했다.

"저는…… 저는 또다시 쓸모없어지고 싶지 않습니다."

보름이 저도 모르게 그 단어를 중얼거렸다.

"쓸모라."

"그러니 제발……."

쓸모. 연화가 한 그 말.

쓸모가 없어진다는 게 어떤 감정인지, 어떤 마음인지 보름도 모르지 않았다. 아니, 너무 잘 알았다. 그래서 문제였다.

지금 자신 앞에 엎드려 우는 저 여자가 어떤 절망에 빠져 있는지 고스란히 느껴졌다. 보름이 고개를 저었다. 여기서 이런다고 좋을 것이 하나도 없었다.

'다시는 인간을 불쌍히 여기지 않겠다고 생각했잖아.'

보름이 지금 이 땅 위에서 이런 되먹지도 않은 일을 하며 겨우겨우 살아가는 것. 전부 인간을 불쌍히 여긴 결과였다.

"나가."

차가운 보름의 말에도 연화가 고개를 저었다.

"못 나갑니다."

"나가라고. 여기에 널 위한 건 하나도 없어."

"뭐든지 밖보다는 여기가 낫습니다."

끈질긴 연화의 대답에 보름이 그대로 연화를 집어 들었다. 연화는 보름의 손에 들려 힘없이 흔들렸다.

"그럼 그냥 여기서 죽던가."

그러나 연화는 여전히 대답하지 않았다.

툭.

연화의 품에서 뭔가 떨어졌다. 보름의 시선에 떨어진 '그것'이 들어왔다. 쭉 뻗은 보름의 눈썹 끝이 본능적으로 움찔거렸다.

털썩.

연화의 몸이 아래로 떨어졌다. 손을 놓은 보름은 대신 바닥에 떨어진 사진을 주웠다. 그걸 바라보는 보름의 시선이 떨렸다.

"이게 왜."

순식간에 얼굴이 굳었다. 동시에 손끝에서 미처 갈무리하지 못한 기운이 파직거리며 흘러나왔다.

"말도 안 돼."

보름이 고개를 저었다.

사진 속 여자의 목덜미에 그려진 타투는 분명 눈에 익은 거였다.

"너, 이 사진 어디서 났어?"

하지만 연화는 보름에게 잡혔던 목덜미를 감싸곤 콜록거리며 기침할 뿐이었다.

"이거, 어디서 났느냐고!"

보름이 연화의 눈앞에 사진을 들이밀었다.

"그게, 무슨……."

눈물 맺힌 눈으로 연화가 보름의 손에 들린 사진을 보았다. 연화가 겨우 다시 입을 열었다.

"제가, 제가 처리해야 할 의뢰가 그거예요. 그 여자를…… 찾아줘야만 한다고요."

"누가 이 여자를 찾아달라고 한 건데?"

"오늘 절에서 저와 만났던 상주……."

그 말에 보름이 기억을 더듬었다.

"검은 한복을 입고 있었던?"

"네. 칠성파 대장의…… 사모예요, 그 여자. 술집을 운영하다가 접고 그 돈으로 주먹이나 쓰는 남편 사업을 시작했죠. 사모가 찾으라고 준 사람의 사진입니다. 제가 그 사람을 찾아 가지 못하면 저 역시 죽을 거예요."

"사진 속 이 여자는 누구고?"

"사모의 남편과 바람 난 여자요."

"아."

다시 사진을 들여다본 보름이 물었다.

"너, 이 문신 본 적 있어?"

보름이 사진 속 여자의 목덜미를 가리켰다. 겨우 사진을 들여다본 연화가 고개를 저었다.

"뱀 모양 같은 건 여기저기 흔한 그림이라. 어디 다른 곳에서 본 적이 있다 해도 잘 떠오르지 않아요."

"이렇게 중간에 한 번 꼬인 저게 중요한 건데."

사진 속 여자의 목덜미에는 매듭을 지은 것처럼 뱀이 한 번 꼬여 있었다.

"저게 중요한가요?"

"응. 어쩌면…… 너에게도 중요한 것일 수 있겠지."

"예?"

"너, 얘 어디 있는지 찾을 수 있어?"

연화가 눈을 깜박였다.

갑자기 왜 그런 걸 묻는 건지 알 수 없었다. 하지만 지금 이 대답이 자신에게 중요한 영향을 끼칠 거라는 것 정도는 느껴졌다.

"모실 수 있는 신만 있다면……."

고개를 끄덕이는 연화를 보름이 가만히 응시했다.

"그럼 잡신 말고 진짜 신도 모실 수 있겠니?"

☽

"라임 맛 감자칩, 라임 맛……."

편의점 과자 코너를 돌며 중얼거리던 산호의 눈에 드디어 찾던 게 들어왔다.

"이거였군."

감자칩 한 봉을 손에 들고 되돌아가려고 했다. 그러나 누군가 산호 앞을 막아섰다.

"잠시만……."

지나갈게요, 라고 말하려던 산호의 말이 끊겼다.

"너 뭐야."

그렇게 물은 건 낯선 남자였다. 새빨간 립스틱과 진한 마스카라를 한 남자의 모습에 산호가 걸음을 멈췄다.

"뭡니까?"

낯선 남자가 산호를 매서운 눈으로 바라보았다.

"너, 인간도 아닌 것이 어디서 인간 행세를 하면서 돌아다녀?!"

새된 목소리였다.

편의점 알바생이 이쪽을 쳐다보았다. 무슨 소란이라도 피우지 않을지 걱정하는 얼굴이었다. 산호가 남자를 쳐다보았다.

"취하신 것 같은데 갈 길 가시죠."

산호의 말에도 남자는 길을 비키지 않았다. 대신 품 안에서 방울채를 꺼내 들고는 마구 흔들기 시작했다.

딸랑 딸랑 딸랑!

"우리 동자가 울잖아. 빨리 말해. 너 뭐야."

남자가 하는 짓을 보던 산호는 작게 혀를 찼다.

"아무래도 오늘, 날이 아닌 모양이네. 별 이상한 놈이 다 꼬이고."

"뭐야?! 지금 동자님 앞에서 그게 무슨 망발이야!"

산호가 천천히 남자에게 걸음을 옮겼다.

자신에게 다가오는 산호의 모습에 오히려 위축된 건 남자 쪽이었다. 가까이 서니 그렇지 않아도 큰 산호가 훨씬 더 위협적으로 느껴졌다.

"거기, 거기 서! 더 이상 오지 마!"

그러나 말을 들을 산호가 아니었다.

남자의 코앞까지 온 산호가 그를 내려다보았다. 꿰뚫릴 것 같은 날카로운 시선이었다.

"너야말로 어디서 박수인 척 나대지 말지? 지금 네 앞에 있는 게 누군지 제대로 알지도 못하면서."

산호가 남자에게 속삭였다.

남자가 들고 있던 방울이 덜덜 떨렸다.

"내가 지금 이렇게 경고라도 해주는 건, 귀찮아서 그래. 여기서 널 어떻게 하면 지금 저기서 일하는 알바생은 무슨 죄겠어."

남자를 내려다보는 산호의 눈동자가 순간 황금색으로 물들었다.

물론 그걸 알아챈 이는 아무도 없었다. 다만 남자가 뭔가를 느꼈는지 더욱 몸을 움츠렸을 뿐이었다.

"고작 박수무당 주제에 시비를 걸고 다니면 명줄이 짧아지잖아. 보고도 못 본 척하고 들어도 못 들은 척하라는 옛 말씀을 마음속에 새기고 살아."

거기까지 말한 산호가 감자칩 봉지를 든 채 옆으로 지나쳤다.

남자의 얼굴이 사정없이 구겨졌다. 그러더니 지나친 산호의 뒤에 대고 커다랗게 소리쳤다.

"짐승 새끼가!"

알바생이 천천히 전화기를 들었다. 혹시라도 무슨 일이 생기면 바로 112에 전화를 할 모양이었다.

"뭐라고?"

산호가 고개를 돌렸다. 남자가 씩씩거리며 외쳤다.

"인간도 아닌 짐승이잖아! 그런데 어디서 인간인 척 굴어! 천벌을……!"

짤랑.

그때 다른 종소리가 났다.

알바생도, 남자도, 산호도 전부 그쪽을 쳐다보았다. 편의점의 문이 열리는 소리였다. 들어온 이를 본 산호가 고개를 갸웃거렸다.

"천벌?"

한여름에도 새빨간 코트에 여우 목도리를 한 여자.

연화가 이쪽으로 걸어왔다. 그러곤 남자를 쏘아보았다.

"지금 어디서 천벌을 운운해?"

남자가 연화를 보더니 바로 눈을 내리깔았다.

"서, 선녀님……."

무당은 무당끼리 알아보는 법이었다. 그리고 누가 더 큰 신을 모시는지도 느낄 수 있었다. 연화가 남자에게 말했다.

"우리 아이에게 이상한 소리 하지 말고 썩 꺼져."

그 말에 남자가 꽁지가 빠져라 도망쳤다. 알바생이 한숨을 쉬며 휴대폰을 다시 내려놓았다. 산호가 연화를 보았다.

"뭐지?"

그러자 연화가 표독스럽게 짓고 있던 표정을 바로 바꾸고 공손한 어투로 말했다.

"실례했습니다. 보름 님께서 보내 바로 이곳에 왔습니다. 산호 님이 귀찮은 상황에 말린 것 같아서요."

"보름이?"

순간 뭔가 깨달았다는 듯 산호가 뒤로 살짝 몸을 물렸다.

그러곤 연화를 위아래로 훑어보았다. 연화가 살짝 미소 지었다.

"설마."

고개를 저었다. 하지만 분명 지금 연화의 몸에서 느껴지는 기운은 산호도 잘 아는 이의 것이었다.

딸랑.

다시 한번 종소리가 울리고 이번엔 보름이 들어왔다.

"당신, 도대체 뭐야?"

산호의 물음에 보름이 어깨를 으쓱였다.

"왜? 난 네가 이상한 놈한테 걸린 것 같아서 애를 보냈을 뿐인데. 맘에 안 들어? 도와주지 말았어야 했나? 안 도와줬으면 되게 귀찮았을 텐데?"

"지금 그걸 물은 게 아니잖아."

"감자칩 하나 사 오랬더니 왜 그렇게 시간이 많이 걸리나 했어."

"딴소리하지 말고. 저 여자, 어떻게 된 거야?"

산호가 연화를 가리켰다.

"이럴 때 우리를 도와줄 사람이 있으면 좋겠다고 생각했어. 너도 그렇고 나도 제대로 된 힘을 쓰기엔 애매하잖아. 넌 안 그래도 요새 거의 골골대니까."

"그래서 지금 저 여자더러 널 모시게 만들었다고?"

"응. 생각해본 적 없던 좋은 아이디어더라고. 내가 직접 힘을 사용할 순 없으니 저 애한테 외주를 줘서 우리 일을 처리하게 만드는 거지. 왜 지금껏 이 생각을 못 했나 몰라?"

산호가 보름을 가만히 쳐다보았다.

"왜 그렇게 봐?"

"그렇다고 지금 무당을 들여? 아니, 당신은 사람에게 실리지도 못하잖아?"

"실리지 못하면 뭐 어때. 그래도 내가 가지고 있는 기운 정도를 빌려줄 수 있고 뭐하면 내가 직접 옆에서 말해줄 수도 있는데."

보름의 말에 산호가 맥이 탁 풀린 얼굴로 한숨을 쉬었다.

"정말 말이 안 통하네."

"네가 뭘 걱정하는지는 알아, 나도. 하지만 저 애도 필요하다고 했어. 그냥 쌍방의 조건이 맞아 떨어진 구인 구직 활동이라고 생각하면 돼."

"신을 모시는 일이?"

"비슷하잖아."

"그래서 이제 와서 진짜 신인 척해보겠다?"

그 말에 보름의 표정이 확 달라졌다. 산호는 자신이 말실수를 했다는 걸 깨달았다.

"미안해."

"호랑이야, 너 진짜 말조심해라."

낮은 어조로 말한 보름이 옆에 있는 진열대에서 과자를 와르르 꺼냈다. 그러곤 전부 산호의 품에 들렸다.

"혀 나불댄 값으로 그거, 네 카드로 계산해."

산호가 어쩔 수 없다는 듯 과자 더미를 들고 계산대로 갔다. 먼저 밖으로 나간 보름을 대신해 연화가 옆에서 도와주었다.

"죄송해요."

연화의 말에 산호가 짧게 대답했다.

"어쩌겠어."

"제가 먼저 말씀을 드렸어요. 어떻게든 다시 신을 모시게 해달라고. 그 방 안에 있는 거라도 좋으니 모시게 해달라고 했는데……."

"그런데 자기를 모시라고 한 거야?"

"제가 쓸모가 있을 거라고 하시더군요."

"아."

산호가 짧게 대답했다.

쓸모에 대한 보름의 생각이 어떤지 산호는 어렴풋이 알고 있었다. 아무래도 보름과 지내온 기간이 기간이다 보니 알아챌 수밖에 없었다는 게 더 맞는 말일 것이다.

잡귀를 없애고 악신으로 변한 신들을 물리치면서도 보름은 늘 쓸모가 없어진 것들에 대해 일말의 동정심을 품었다. 집에 모아둔 수많은 식물도 전부 의뢰를 수행하는 과정에서 생겨난 쓸모없어진 귀들이었다. 그대로 두면 악귀나 허주신으로 변할 것들을 보름은 전부 집에 데려왔다. 그러곤 식물의 모양으로 만들어 그 방 안에서 키웠다.

　잘 키우진 못했지만 그래도 할 수 있는 일은 해줬다. 그들이 언젠가는 이번 생을 완전히 마치고 다음 생을 위해 떠날 수 있을 때까지.

　아마 이번에도 비슷한 마음의 발로였을 것이다. 쓸모가 없다고 말하는 인간을 그대로 지나칠 수 없었을 것이다.

　"……살아 있는 신을 모시는 건 생각보다 힘들 거야."

　"그래도 벌써 하나의 쓰임은 했잖아요. 안 그렇습니까?"

　계산을 마친 산호가 비닐봉지를 들곤 맞다는 듯 고개를 끄덕였다.

　"어찌됐든 도우러 와줘서 고맙군. 가끔 저런 치들이 있거든. 틀린 말은 아니지. 인간이 아닌 게 인간인 척하고 있는 건 맞으니까."

　"호랑이……."

　거기까지 말한 연화가 혹시, 하는 얼굴로 산호를 쳐다보았다.

　"산군님?"

　순간 산호의 머리칼 사이로 환영처럼 털 달린 호랑이 귀가 움직였다 사라졌다.

☽

　커다란 클럽 안은 깜박이는 불빛으로 가득 찼다.

많은 사람이 클럽 안에 모여 있었다. 전부 화려하게 차려입은 모습이었다. 기묘한 것이 있다면 시끄러운 노랫소리가 들리지 않는다는 점이었다. 누가 음 소거라도 해놓은 것처럼 고요한 침묵이 흘렀다.

뎅—

그때 종소리가 들렸다.

어울리지 않는 소리였다. 그러나 이 안에 모인 사람들은 전부 그 소리만을 기다리고 있었던 건지 모두 자리에서 일어나 한쪽을 쳐다보았다.

한쪽 커튼이 살랑거렸다. 마치 뭔가 움직인 것처럼. 하지만 아무것도 보이지 않았다.

"아."

누군가 숨을 깊게 들이마셨다. 사람으로 가득 모인 어둑한 클럽에 상쾌한 바다 향기가 퍼졌다. 곧이어 어디선가 파도 소리도 함께 들려왔다.

쏴아아 쏴아아—

밀려들었다 다시 멀어지고 또다시 밀려오는 반복적인 소리에 사람들의 눈이 순간 초점을 잃었다.

클럽 안에 모인 건 전부 젊은 여자들이었다. 남자는 한 명도 없이 예쁘게 꾸민 여자들이 모여 똑같은 방향을 본 채 멍하니 서 있는 모습은 기묘했다. 그들은 들리는 파도 소리에 맞춰 몸을 흐느적거렸다. 한 발 앞으로 다시 뒤로, 다시 한 발 앞으로 또다시 뒤로.

열 맞춰 서 있는 여자들은 동심원처럼 한쪽 방향을 향해 움직였다. 그 움직임을 위에서 내려다보면 파도가 치는 것처럼 보였다.

들려오는 파도 소리는 점점 더 커졌다. 소리가 커질수록 모인 여자들도 점차 넋이 빠진 얼굴이 되었다. 온전히 들려오는 소리에 몸을 맡긴 채, 파도처럼 몸을 흔들고 있는 이 상황이 참으로 행복하다는 표정들이었다.

"하……."

서 있던 여자 중 하나가 만족스러운 한숨을 내쉬었다.

자신이 뭘 하고 있는 건지 알 순 없었지만 머릿속이 텅 빈 채 해방되었다는 느낌으로 가득했다. 지금까지 수많은 클럽을 전전하고 돈을 써대면서 술을 마시고 사람을 만나고 약까지 손을 댔지만 이런 기분은 처음이었다.

아무것도 하지 않은 채, 공짜로 이런 만족감을 느낄 수 있다니.

이런 클럽이 있다는 소문은 들었지만 지금까지는 장난이거나 혹은 질 낮은 마케팅 수법이라고만 여겼다. 그냥 속는 셈 치고 한번 와본 건데 이런 마법 같은 일이 일어날 줄은 몰랐다.

쏴아아 쏴아—

이어지는 파도 소리가 영원히 계속되었으면 좋겠다는 생각만이 가득했다.

다른 건 필요도 없었다. 배고프지도 피곤하지도 않았다. 코

끝을 스치는 바다 향기를 폐부 깊이 들이마시면 온몸에 활력이 도는 것 같았다. 머릿속이 점점 더 멍해졌다.

……밤바다에 파도가 칩니다.

파도 소리 사이로 듣기 좋은 음성이 흘러나왔다. 여자인지 남자인지도 제대로 구분할 수 없는 중성적인 목소리는 완전히 무장 해제된 사람들의 마음속으로 흘러 들어갔다.

파도가 여러분의 몸을 적십니다.

이곳에 모인 모든 사람들이 똑같은 상상을 하기 시작했다. 지금 자신 앞에 펼쳐져 있는 너른 바다. 그리고 그곳에서 밀려온 파도가 부드럽게 몸을 덮었다.

바다에는 달이 뜹니다.

달. 목소리를 따라 상상 속의 바다에 커다란 달이 떴다.

차분한 목소리가 사람들에게 질문했다.

그 바다에 뜬 달은 어떤 색인가요?

나른한 기분이 온몸에 휘감겨 있는 상태에서도 그게 무슨 질문이지, 하는 의문이 들었다. 달은 늘 비슷한 색이 아니던가. 빛나는 백색, 노란색, 혹은 가끔 붉은 달이 뜬다는 이야기도 듣긴 했지만 그건 보편적인 경우가 아니었다.

털썩!

옆에 있던 누군가가 바닥으로 쓰러졌다. 바르르 떠는 손발, 아무렇게나 펼쳐진 탐스러운 머리칼, 커다랗게 열린 동공.

뭔진 몰라도 황홀한 감각에 압도된 듯한 얼굴이었다.

'뭐지?'

여자가 멍하니 쓰러진 사람을 보았다. 그리고 다른 이들도 그 사람을 보았다. 누군가 나서서 도와줄 거라고 생각했지만 아무도 움직이지 않았다. 오히려 다른 사람들의 얼굴에 비친 감정은 질투심이었다.

뭐야? 저게 뭐지? 나도 느껴보고 싶어. 지금보다 더 좋은 느낌이야? 대체 뭔데?

쓰러진 여자를 보는 사람들의 얼굴엔 그런 질문들이 가득했다.

사람들 사이로 누군가 들어왔다. 검은 옷을 입고 얼굴마저 마스크로 가린 이가 쓰러진 여자를 가볍게 안아 들었다. 동화책 속 공주님이라도 안아 드는 것처럼.

그러곤 소리도 없이 사람들 사이를 지나 사라졌다.

뎅!

갑자기 울린 종소리에 깜짝 정신이 들었다. 다른 사람들도 모두 같은 느낌인지 전부 어안이 벙벙한 얼굴로 서로를 쳐다보았다.

마치 꿈을 꾼 것 같았다. 그러나 쓰러졌던 여자가 서 있던 자리가 텅 비어 있다는 사실만이 이 모든 게 진짜라는 것을 알려주었다.

나긋나긋한 목소리가 다시 한번 울렸다.

오늘 체험은 여기까지입니다. 선발된 인원들은 '달과 뱀'에 입장이 허락된 분들로서 초청장이 따로 나갈 예정입니다. 그럼 영원한 어둠을 위하여.

"영원한 어둠을 위하여."

옆에 있는 사람들이 그 말을 따라했다. 여자 역시 자신도 모르게 그 말을 따라했다. 영원한 어둠. 그게 뭘 말하는지 이곳에 처음 온 여자는 알 수 없었다.

"아, 오늘도 선발되지 못했잖아."

누군가 그렇게 중얼거리는 걸 들었다.

선발. 아까 쓰러져서 업혀 나간 사람들이 선발된 걸까?

알고 싶었다. 이런 기분을 계속해서 느낄 수 있으려면 어떻게 해야 하는지, 선발이라는 게 무엇인지, 선발되려면 어떻게 해야 하는지.

"저기, 선발된다는 게…… 뭔가요?"

여자의 질문에 다른 사람이 이쪽을 쳐다보았다.

"뭐야, 새로 들어왔어?"

"네. 오늘 처음이에요. 그동안 이야기는 종종 들었는데."

"그럼 모를 만도 하네. 말 그대로 선발은 이 모임을 여는 '달과 뱀'의 일원으로 뽑힌다는 의미야."

"이 모임을 여는 사람들이요?"

여자의 눈이 번쩍거렸다.

"그래. 그게 바로 '달과 뱀'이지."

"달과 뱀……."

여자가 그 이름을 되뇌었다.

"이런 오픈형 모임은 그저 맛보기라고 들었어. 일원이 된다면 훨씬 더 깊고 연결된 감각을 느낄 수 있다고."

"그게 정말인가요?!"

믿을 수 없었다. 이것보다 더 좋은 것이 있다니.

"그래서 우리 전부 그 일원이 되고 싶어서 이렇게 모든 모임에 참가하는 거잖아. 환영해, 앞으로 너도 그렇게 될 거니까."

"그, 선발되는 방법이 따로 있는 건가요?"

"글쎄, 나도 잘 몰라. 하지만 늘 마지막 질문에 저렇게 뭔가를 보거나 쓰러지는 사람들이 나와. 그들이 바로 선발되는 사람들이래."

부러웠다.

오늘 자신 옆에서 쓰러진 그 여자가 너무나 부러웠다. 도대체 뭘 본 걸까. 뭘 보았기에 그렇게 황홀한 표정을 짓고 있었을까.

"그, 혹시 이런 모임이 어디서 열리는지 어떻게 알 수 있을까요?"

어떻게든 다음 모임 장소를 알아내야 했다.

여자의 물음에 피식 웃은 이가 휴대폰을 꺼냈다. 그러곤 SNS 계정 하나를 보여주었다.

"이거 팔로우하고 있으면 일정을 올려줘."

허겁지겁 휴대폰을 열어 계정을 팔로우했다. 그나마 이제

안심이었다.

"감사합니다."

여자의 휴대폰에 뜬 계정의 프로필 사진엔 한 번 매듭지어진 뱀 모양이 그려져 있었다.

☽

커다란 빌딩은 휘황찬란하게 빛나는 서울의 야경 속에서 난파당한 배처럼 보였다.

세운 지 얼마 안 되어 보이는 새 건물이었지만 빌딩은 텅 비어 있었다. 옆 건물이 빽빽하게 간판을 달고 불을 밝히고 있는 것과는 반대로 이 빌딩엔 상가가 하나도 입점해 있지 않았다.

"돈 들일 만하네요."

화려한 무복(巫服)을 차려입은 연화가 빌딩을 보며 말했다. 보름이 입을 열었다.

"도깨비 터라고 하지. 이상하게 상가가 잘 빠지지 않고 빠진다고 해도 금방 나가버리는 곳. 이미 다른 것이 깃들어 사니까 그러는 거야."

"이만한 건물이라면……."

연화가 어깨를 한 번 부르르 떨었다.

"일단 건물주를 통해서 주변 상가에 양해는 구해놨으니 넌 아래에서 괜한 것들이 들어오지 못하도록 결계를 쳐."

연화가 고개를 끄덕였다.

"예. 준비는 다 마쳤습니다."

이건 새로운 신을 받은 후 처음으로 열어보는 판이었다. 조금 걱정되기도 했지만 이제는 물러날 곳도 없었다.

"그럼 들어가지."

빌딩 1층 로비로 들어가자 연화가 준비해놓은 굿판이 떡 벌어지게 차려져 있었다.

좋은 것들로만 사서 놓은 제사상과 양옆으로 앉아 있는 악공들까지.

"저들의 입은 믿을 만한 거지?"

보름이 악공들을 보며 물었다. 연화가 고개를 끄덕였다.

"제가 전부터 함께 했던 패인데 돈만 주면 굿판에서 무슨 일이 일어나든 상관하지 않습니다."

"그야말로 최신식이네."

비꼬는 듯한 말투로 대답한 보름이었다. 산호가 손목시계를 슬쩍 들여다보더니 말했다.

"우리는 이제 올라가봐야 할 것 같군. 그럼 아래쪽을 부탁하지."

"예, 산군님."

연화의 대답에 보름이 산호를 쳐다보았다.

"뭐야? 벌써 그렇게까지 서로를 아는 사이가 된 거야? 나한테는 갑자기 왜 인간을 들였냐느니 뭐라고 했으면서."

산호가 어이없다는 듯 입을 열었다.

"내가 언제 그렇게까지 말을 했어? 그리고 어차피 당신이 저지른 일인데 내가 뭘 어쩌겠어. 그냥 빨리 받아들인 것뿐이야."

중간에 낀 연화가 손을 내저었다.

"그냥 제가 먼저 알아차린 것뿐입니다. 그래도 저, 나름 이쪽 일 오래 했습니다. 직접 신을 받은 건 얼마 되지 않았지만 조수 노릇도 하고 새끼무당 일도 했으니까요. 들은 건 많습니다. 호랑이 모습을 한 분들 중에서 이만한 힘이 있는 존재가 산군 빼고 더 있겠습니까. 물론 어디 산의 어떤 산신님을 모시고 계시는지는 모르겠으나……."

거기까지 말한 연화가 슬쩍 산호의 눈치를 보았다.

"이상하겠지. 산군이 이런 도시에 돌아다니고 있다는 것 자체가."

보름의 말에 산호가 짧게 덧붙였다.

"어쩔 수 없는 사정으로 지금은 산에 돌아갈 수 없다. 이곳에서 해야 할 일이 있거든. 그래서 이 사람과 함께 일을 처리하고 있는 거고."

"이 사람?"

이 사람 취급을 당한 보름이 눈썹을 들어 올렸다.

"일을 앞두고 이상한 성질머리 부리지 말라고. '이 신님'으로 정정해줄 테니까."

그제야 만족스러운 듯 보름이 고개를 끄덕였다.

"그럼, 올라가볼게."

연화가 보름에게 깍듯이 인사를 올렸다. 보름과 산호가 계단 위로 올라갔다.

연화가 그 모습을 보다 자신의 전장으로 걸음을 옮겼다. 차가운 대리석 바닥 위로 깔린 것은 화려한 문양이 들어간 화문석이었다. 좋은 왕골만을 골라 만든 돗자리 위로 연화가 신발을 벗고 올랐다. 하늘을 향해 올라간 버선코의 끝이 드러났.

"간만입니다, 선녀님."

가장 앞에 앉아 있던 악공이 고개를 숙였다.

그는 이런 굿판을 오래 다닌 베테랑 악공이었다. 그가 연화를 한 번 훑어보았다.

"분위기가 많이 달라지셨습니다."

"역시 선생님의 눈은 피할 수가 없네요."

"제가 선녀님처럼 직접 신을 모신 건 아니지만 그래도 몇십 년을 가까이서 신을 모신 분들을 보지 않았습니까. 웬만큼 보는 눈은 생겼지요."

"그래서 보시니 어떻습니까."

악공이 다시 한번 연화를 보았다. 잠깐 말을 고르던 악공이 입을 열었다.

"깨끗하다고 해야 할까요."

"네?"

"이런 말씀을 드리는 게 주제넘는다고 생각이 드실 수는 있겠지만……. 전에 뵈었을 때는 화려하지만 뭔가 이상하게 난잡한 분위기가 있었거든요. 어딘가 정리가 덜 된 것처럼. 하지만 지금은 전부 정리하고 빛이 환하게 들어오는 느낌이 있어요."

생각하던 악공이 말을 이었다.

"들어오는 빛도 강한 햇빛이 아니라 은은한 달빛 같은 느낌입니다."

연화의 얼굴에 놀라움이 퍼졌다.

"무당은 내가 아니라 선생님께서 하셔야겠군요."

"그냥 선녀님의 모습만 보고 드린 말씀입니다. 그럼 시작하시면 신호를 주십시오."

악공이 자리로 되돌아갔고 연화가 화문석 위에 섰다.

붙여놓은 촛불이 살짝 흔들렸다. 이번 굿은 연화로서도 처음이나 다름없었다. 굿판에 서면 늘 머릿속을 맴돌던 목소리들이 하나도 들리지 않았다.

연화의 신은 이제 몸에 머물지 않았으니까.

손에 큰 칼과 방울채를 들고 연화가 살짝 고개를 들어 위를 쳐다보았다. 자신이 모신 신은 저 어딘가에 있을 거였다.

'그럼 잡신 말고 진짜 신도 모실 수 있겠니?'

그렇게 말했던 보름의 목소리.

그때 고개를 끄덕였던 게 잘한 일이었는지 아닌지 아직도 알 수 없었다. 그러나 어찌 되었건 그걸로 연화가 살아남게 된 건 사실이었다.

떨리는 몸으로 고개를 끄덕이던 연화의 귓가에 보름이 건넸던 말.

'그럼 너는 이제부터 나를 모시는 거다.'

그렇게 말하던 보름의 깊고 깊은 눈동자에 뭔가가 떠올랐다. 그게 뭔지 인간인 연화로서는 알 수 없었지만 적어도 보름이 하는 말에 거짓이 없다는 것 정도는 알 수 있었다. 그러니 이제 할 수 있는 일은 보름에게 받은 기운을 이용해 자신의 신이 내린 명을 잘 이행하는 것뿐이었다.

높게 뚫린 빌딩의 창문으로 서울의 야경과 도시를 둘러싼 먼 곳의 산, 그리고 그 위에 둥실 떠오른 보름달이 보였다.

연화가 눈을 감았다 떴다.

"시작하지."

동시에 꽹과리 소리가 울려 퍼졌다.

계단을 오르던 산호의 귀에도 아래층에서 시작된 굿판 소리가 들렸다.

덕분에 산호와 보름 둘 다 다른 건 신경 쓰지 않고 이 빌딩 안에 깃든 악귀만 찾아내면 됐다. 결계를 치는 일이 어려운 건 아니었지만 귀찮은 작업이긴 했다. 연화의 기량이 어느 정도 되는지는 아직 몰랐지만 이 빌딩에 결계를 치려면 시간이 좀 걸릴 것 같았다.

"쓸모를 찾아준 거지?"

산호의 말에 계단을 올라가던 보름의 발걸음이 움찔거렸다. 하지만 뒤를 돌아보진 않았다.

"찾아준 게 아니라 스스로 쓸모를 물고 온 거야."

"그래?"

"고작 그 정도 마음가짐으로 인간까지 들일 만큼 내가 한가하지는 않아."

"방 안이 빽빽하도록 잡귀들을 키우면서. 그것도 당신이 손대지 않으면 죽어나갈 것들이잖아."

"그건 취미고."

"그럼 나는?"

갑작스러운 질문에 이번엔 보름이 뒤를 돌아보았다. 산호가 두 계단 아래에 있었기에 둘의 시선이 바로 부딪쳤다.

계단의 벽을 따라 기묘한 무늬가 이어진 게 눈에 들어왔다. 그건 푸른색 파도 같은 무늬였다. 이 건물을 세운 이에게 독특한 취향이 있던 모양이었다.

"너?"

"당신은 나를 뭐라고 생각하고 있어?"

"오늘따라 왜 그래?"

"그냥. 당신이 인간을 들인 걸 보니 좀 궁금해져서. 나는 어떻게 생각하는 건지."

보름이 고개를 갸웃거렸다.

계단 창문으로 커다란 달빛이 비쳐 보름의 그림자가 산호에게 덮였다.

"당신을 처음 만났던 날에도 이렇게 큰 달이 떠 있었지."

"정확히 말하면 호랑이 네가 산이 떠나가라 소리를 질렀던 날이라고 해야지."

"산군의 포효라고 했잖아. 소리가 아니라."

"그게 그거지 뭐."

"……그날은, 소리 하나 내질 못했으니까."

산호의 대답에 보름이 쯧, 혀 차는 소리를 냈다.

"아직도 그때 생각을 하는 거야? 어쩔 수 없었다며. 그때는 너도 어린 산군이었잖아. 지금도 별것 아닌 네가 뭘 할 수 있었겠어."

"차라리 그냥 욕을 해."

"똑같으니까 그런 생각하지 말라고. 후회하는 건 나 하나로도 족하다, 호랑이야."

이번엔 산호의 움직임이 멈췄다. 보름의 모습이 산호의 기억 속 그녀와 겹쳤다. 닮은 구석이라고는 하나도 없는데 참으로 이상하게도.

'네 이름은 산호다. 산군 호랑이라는 뜻이지.'

산군(山君).

그건 산신을 모시는 동물을 의미했다. 산신이 다스리는 산을 지키고 그 산 안에 사는 것들을 돌보고 산신의 뜻을 전달하는 존재.

땅과 산과 신을 지키는 게 산군이 해야 할 일이었다.

그리고 산호는 그 모든 것에 실패한 산군이었고.

산호가 태어난 산은 한반도에서도 가장 험준한 산세를 자랑하는 곳이었다. 그 산을 다스리던 산신 마고는 이곳의 태초 대지신이었다. 그야말로 강력한 힘을 가지고 있었고 오래된 권세를 누리는 신이었다.

산호는 그런 마고를 모셔야 했다. 그 전 산군은 백호랑이였다고 했다. 그 역시 아주 오래도록 살면서 산군의 역할을 잘 해냈다고 들었다.

'너의 시기는 그리 쉽지만은 않겠구나.'

백호랑이는 유언처럼 산호에게 그 말을 남겼다.

산호가 산군이 된 시기는 산과 하늘이 그 힘을 잃어가고 인간들이 만들어낸 것들이 온 땅을 뒤덮던 때였다. 한반도 역시 마찬가지였다. 인간들도 많이 죽어나갔고 산에 사는 것들도 그랬다. 서로가 서로를 죽이려고 눈이 벌겠던 시대였다.

바다를 건너온 다른 민족이 한반도를 지배했고 그때 이곳의 산들은 불에 타거나 나무가 전부 잘리거나 맥이 끊어지는 수모를 겪어야 했다.

신은 믿음으로 존재를 유지한다.

신의 도움을 받고 권능 아래 살아가는 것들의 맹목적인 믿음과 기도만이 신을 존재할 수 있게 만들었다. 그것은 이렇게 현실 세계와 가까이 존재하는 신들일수록 더욱 큰 영향을 끼쳤다. 땅은 직접적으로 인간과 닿아 있는 매개체였고 동시에 인간이 살아가는 세계의 일부였다. 그렇기에 산신들은 자신의 땅과 산 안에 깃들어 사는 것들의 믿음이 얼마나 크냐에 따라 권능의 힘이 달라졌다.

백호랑이가 산군이었을 시절만 해도 그 모든 것이 참으로 자연스러웠고 순탄했다. 그러나 산호가 산군의 자리에 오르자 천지개벽할 정도로 바뀌었다.

인간들은 더 이상 눈에 보이지 않는 것들을 믿지 않았다. 산과 땅은 그저 돈벌이의 일부였고 그들은 그것들을 마음대로 사고팔았다. 그리고 일어난 전쟁들.

산신들은 약해졌고 그건 마고도 예외는 아니었다.

산호는 아직 어린 산군으로 할 수 있는 일이 많지 않았다. 그래도 산신은 산군의 모든 것이었다. 하나뿐인 주인이었으며 세계였고 그를 이루는 전부가 마고의 것이었다. 산호는 최선을 다했다.

그러던 어느 날, 산에 도착했던 낯선 존재.

그는 긴 검은 그림자를 끌고 이곳에 왔다. 그에게서는 바다를 건너온 자에게서 나는 짭짤한 소금 냄새와 담배와 철과 재의 향기가 났다. 그리고 그 뒤로 일렁이던 검은 것들.

산호는 그가 위험한 존재라는 걸 알아차렸다. 하지만 어린 데다가 산군으로서 힘을 제대로 키우지 못했던 산호에 비해

그는 너무 강했다.

산호가 정신을 잃기 전에 보았던 마지막 장면은 그가 감당하기 어려운 것이었다.

바다를 건너온 남자는 마고의 심장에 화살을 박아 넣었다. 온 산이 울부짖었다.

"산호?"

보름의 부름에 산호가 퍼뜩 고개를 들었다.

그리고 지금.

산호가 깨어난 세상은 마지막으로 그가 보았던 시대와는 또 완전히 달랐다. 현대의 대한민국에 적응하는 데 몇 년이 걸렸다. 하지만 마고가 죽었다는 사실, 그리고 이 산에 새로운 산신이 태어나지 않았다는 사실을 받아들이는 것보다는 쉬웠다.

낯선 남자는 사라져 있었고 마고는 죽었다. 산호는 텅 빈 산에 혼자 남았다.

이상한 일이었다. 산신은 산의 주인이었다. 산신이 소멸하면 새로운 산신이 그 자리를 채웠다. 그러나 마고의 산에는 더 이상 아무도 없었다.

산호는 모실 신이 없는 산군이었다. 그럴 수가 있는 건지 물어보고 싶었지만 아는 존재도 없었다. 가까이에 있는 몇몇 산에 찾아가보았지만 그 산 역시 텅 비어 있다는 걸 알게 되었다. 그 남자가 벌인 짓인지, 아니면 바뀐 세상이 산신들을 자연스럽게 도태시킨 건지 알 수 없었다.

산호에게는 아무것도 남지 않았다. 그럼에도 그는 산군이었다.

마고를 죽인 그 낯선 존재를 찾아내야 했다. 그것이 그에게 남겨진 마지막 존재 이유였다. 산호는 산군이라는 자신의 기척을 숨긴 채 낯선 존재가 몸에 묻히고 있던 도시의 냄새를 따라 인간처럼 도시에 적응했다.

그곳에서 잡귀들을 잡아먹으며 겨우 버텼다. 그러다 영 버티지 못할 것 같은 날엔 아무것도 없는 마고의 산으로 되돌아갔다.

산군의 포효.

그것은 온 산을 울리는 소리로써 산신의 행차를 알리거나 중요한 일이 있을 때 산천초목들을 전부 깨우는 소리였다. 그리고 산신의 소멸과 탄생을 알리는 소리기도 했다.

죽어가는 마고를 앞에 두고도 산호는 아무것도 하지 못했다.

무슨 생각이었는지는 몰라도 지금이라도 마고를 위한 산군의 포효를 질러야 한다는 생각이 들었다. 어쩌면 새 산신이 태어나지 않는 건 자신이 산군으로서의 소명을 다하지 못했기 때문일지도 모른다고.

"그때 왜 호수에서 나온 당신에게 놀라지 않았는지 알아?"

산호의 말에 보름이 고개를 갸웃거렸다.

"생각해보니 그러네? 왜 놀라지 않았어?"

"그 호수에 뭔가 있다는 걸 이미 알고 있었거든. 물론 타이

밍도 좋게 그때 깨어날 줄은 몰랐지만."

마고의 산 가운데에는 호수가 하나 있었다.

아주 오래전부터 동물들이 물을 마시러 찾아오는 곳이었다. 별다른 건 없었지만 달이 뜨면 그 호수에 비치는 광경이 아름다워 산호 역시 일부러 호수 전경이 보이는 곳에 자주 앉아 있기도 했다.

"마고께서 그러셨어. 지금 네가 보는 하늘에 뜬 달은 가짜라고."

그 말에 보름의 눈썹이 슬쩍 들렸다.

"저건 겨우겨우 달의 행세를 하는 것이지, 진짜 달은 아니라고 말이야. 그리고 진짜 달은……."

산호가 보름을 보았다.

"산의 호수 아래 잠겨 있다고 말이야."

그래서 산호는 호수 아래에서 걸어 나온 보름을 보았을 때, 언젠가 마고가 말해주었던 그 '달'이라는 걸 금방 알아차렸다.

시리도록 차가운 눈빛, 서늘한 얼굴, 어둠 가운데서도 밝게 빛나던 몸.

긴 머리카락을 타고 빛나던 물결이 마치 얇고 투명한 비단처럼 보였다. 호수에서 막 나온 보름의 흰 손끝에서 떨어지던 물방울들이 얼마나 아름다웠는지 산호는 아직도 생생히 기억했다.

물에 비친 달. 물 안에서 걸어 나온 달.

"그랬었군. 몰랐네."

"나오자마자 불처럼 길길이 날뛸 줄도 몰랐지."

그게 산호와 보름의 첫 만남이었다.

마고의 산 가운데 잠겨 있던 보름과 어쩌다 보니 그런 보름을 깨우게 된 산호.

보름은 호수에서 나오자마자 산호의 목덜미를 잡아챘었다. 바닥에 쓰러진 산호 위로 올라탄 보름의 하얀 등 위로 물에 젖은 검은 머리칼이 살아 있는 것처럼 떨어져 내렸다.

"그때, 나를 '그'라고 착각했던 거지?"

"그동안 안 하던 이야기를 오늘 다 하네? 무슨 날이야?"

산호가 창문 뒤로 뜬 달을 보았다.

"그냥. 달이 오늘따라 밝길래."

보름 역시 산호의 시선을 따라 커다랗게 뜬 달을 한 번 바라보았다.

달.

언젠가는 자신이 되돌아가야 할 곳. 멀고 먼 고향, 나라…….

밤하늘 위에 교교히 떠 있는 달을 보고 있자니 보름은 제 몸이 욱신거리는 기분이었다. 저 먼 달에서 이곳까지 일곱 밤과 일곱 낮을 떨어져 내렸다.

오로지 사랑만을 따라 그렇게 떨어졌다.

사랑.

그래, 사랑이라고 믿었던 것.

동시에 이 세상에서 가장 거짓된 것.

보름은 정말로 자신의 모든 것을 다 바쳤다. 도망쳤다. 세상의 끝까지. 그러나 떨어져 내린 곳에서 보름이 마주쳤던 건 전혀 다른 것이었다.

"그랬었지. 나를 깨울 수 있는 존재라면 당연히 그놈이겠거니 싶었으니까."

보름이 어깨를 으쓱였다.

"그런데 얼굴을 보니까 아니더라고. 내가 그놈 얼굴을 잊지는 않았거든. 그리고 호랑이, 네 눈깔."

"내 눈?"

"응. 네 눈에 가득히 깃들어 있던, 넘실대던 그 감정이 너에 대해서 설명해줬어."

"그건 또 처음 듣는 이야긴데. 어떤 감정으로 차 있었는데?"

보름이 머뭇거렸다.

길고 긴 잠 끝에서 처음 본 눈.

멱살 잡힌 호랑이의 커다란 황금빛 눈동자에 가득 차올랐던 건 동경과…… 사랑.

그래, 보름이 치를 떨며 싫어하는 그 감정. 그게 산호의 눈에 물보라처럼 일고 있었다.

"말해주지 않을래."

보름의 대답에 산호가 고개를 내저었다.

"뭐, 그래도 나쁜 감정은 아니었겠지. 그랬다면 당신이 그때 내 부탁을 들어주지 않았을 테니까."

"정말 희한한 부탁을 한다 싶었어, 그땐."

이제 막 깨어난 보름에게 멱살을 잡혔던 산호는 아무런 전투 의지가 없어 보였다. 보름이 손을 놓자 산호는 몸을 일으켜 보름을 향해 천천히 무릎 꿇었다.

그것도 아주 공손하게.

그러곤 무릎에 이어 머리까지 조아렸다.

'지금 뭐 하자는 거지?'

날카로운 보름의 물음에도 산호는 흔들리지 않았다.

'부탁을 하는 거야.'

'대체 뭘 부탁하려고 이렇게까지 하는 건데?'

무릎 꿇은 산호가 보름을 올려다보았다.

또 그 눈빛이었다.

거기엔 티끌만 한 흠집도 없는 신뢰와 믿음이 담겨 있었다. 정말로 난감한 일이었다.

보름은 그런 것에 약해도 너무 약했으니까.

'부탁이야, 나의 신을 찾아줘.'

그게 산호의 부탁이었다.

"그 부탁에 넘어가서 내가 지금까지 이러고 있잖아."

보름의 말에 산호가 대꾸했다.

"덕분에 이 세상에 일찍 적응한 게 누군데?"

"아니었어도 잘 적응했을 거라고."

"마지막 기억이 오백 년도 더 전이었으면서."

"아, 연화가 일을 다 한 모양이네."

말머리를 돌린 보름이 고개를 들었다.

"그럼 이제 우리도 우리 일을 해야지. 산군과 신이라고 해도 돈은 있어야 이 세상에서 사는 거잖아?"

"그렇지."

이번 일은 보름이 의뢰받은 거였다.

어떤 방법을 써도 이상하게 세가 들어오지 않는 빌딩, 도깨비 터. 그곳에 깃들어 있는 악귀를 처리하는 거였다.

그건 이 도시에서 보름과 산호가 살아가는 방법이었다.

산호의 부탁을 들어주기로 한 보름은 대신 산호 역시 자신의 일을 도와주어야 한다고 말했다. 그게 산호가 지금 이곳에 있는 이유였다.

"자, 그럼."

짧게 말한 산호가 눈을 감았다가 떴다.

그러자 그의 진짜 눈이 모습을 드러냈다. 황금빛 호랑이 눈.

올바른 것과 그릇된 것을 구분하는 눈동자.

미리 연화가 결계를 쳐둔 탓인지 잡귀들은 보이지 않았다. 빌딩의 내부 테라스로 걸음을 옮겨 뻥 뚫린 빌딩 안을 한 번 보았다.

그러자 빌딩의 기둥 사이로 무언가 어룽거렸다.

그림자 같기도 하고 도사리고 있는 어둠 같기도 한 것들. 그건 이곳에 모인 집념이었다. 차 있어야 할 곳이 비면 거기엔 다른 것이 깃들기 마련이었다. 그들은 이런 빈 공간에 모였다. 그리고 마치 땅 주인처럼 행세를 했다.

인간의 마음과 정신은 오래 남았다. 좋지 않은 것일수록 더욱더.

원한을 가지면 성불하지 못한다고 하던가. 비슷한 이야기였다. 몸도 다른 기억들도 전부 다 사라졌지만 가장 깊은 곳에 지독하게 남아 있는 집념들은 똘똘 뭉쳐 자신들이 있어도 되는 곳을 찾아 헤맸다. 그게 장소든 사람이든 상관없었다.

선한 마음은 고이지 않는다. 그것은 다른 이에게 전해지고 퍼져서 남는다. 그러나 악의는 달랐다. 그대로 가라앉고 썩는다. 그리고 다른 희생자를 찾아 잡아먹는 것이다. 이 빌딩에 고인 것은 그런 썩은 마음에서 시작된 악귀들이었다.

일렁이는 그림자들.

산호가 작게 진언을 외웠다. 산군의 힘을 담은 진언의 파동이 물결처럼 밀려나갔다. 파동은 그물처럼 퍼졌다. 산호는 능숙하게 그물에 걸린 자국들을 확인했다.

"이쪽으로."

보름이 산호의 뒤를 따랐다.

산호가 받은 부탁은 이거였다. 보름이 귀들을 잡을 수 있도록 도와주는 것.

그건 하늘에서 땅으로 떨어진 보름이 이곳에서 살아남을 수 있는 유일한 방법이자 신의 격을 올리는 유일한 방법이었다.

"잠깐."

산호가 걸음을 멈췄다. 그러곤 텅 빈 홀 내부를 살폈다.

뭔가가 숨어 있는 건 확실했다. 처음부터 대놓고 모습을 드러내는 악귀는 많지 않았다. 끈질긴 놈들은 며칠 동안 숨바꼭질을 하기도 했다.

벽에 남은 흔적은 긴 채찍처럼 보였다.

산호가 가만히 그 흔적을 들여다보았다. 이런 흔적을 남길 수 있는 건…….

"산호!"

날카로운 보름의 외침에 산호가 휙 천장을 올려다보았다.

홀 가운데 천장에 높게 설치된 스테인드글라스가 와장창 부서져 내렸다. 천장에서 반짝거리는 조각들이 폭포수처럼 쏟아졌다.

스윽—!

날카로운 유리 조각이 보름의 얼굴 위를 스치며 상처를 냈다. 보름이 메고 있던 가방에서 배트를 꺼내 커다랗게 휘둘렀다.

쾅!

쏟아져 내리던 조각들이 배트의 끝자락을 따라 움직였다. 마치 철가루가 자석의 끝에 휙 옮겨붙는 것처럼.

보름이 배트를 다시 한번 바닥에 내리꽂았고 그와 함께 조각들도 바닥을 향해 곤두박질쳤다. 그러자 그 힘을 이기지 못한 바닥에 균열이 생겼다.

지직, 지지직!

보름이 손에 든 배트를 고쳐 쥐었다.

검은 배트에는 초승달에서 보름달로 차오르는 달의 모양이 그려져 있었다. 그건 보름이 직접 그려 넣은 거였다. 자신이 어디서 힘을 빌려오는지 잊어버리지 않도록.

마치 살아 있는 생물처럼 움직이던 유리 조각들이 보름의 힘에 밀려 결국 바닥으로 전부 떨어져 내렸다.

"산호!"

보름의 부름에 산호가 재빨리 이쪽으로 달려왔다. 그러나 순간 건물이 울렸다.

쿵!

그건 저 아래서부터 나는 소리였다. 보름은 그것이 이 건물 아래 있다는 것을 바로 알아차렸다. 그리고 그것을 깨닫자마자 균열 간 바닥이 아래로 무너져 내렸다.

콰콰쾅!

보름의 몸 역시 옆으로 기울었다. 도망치려고 했지만 이미 사방의 바닥이 함께 아래로 떨어지고 있었다.

떨어진다.

또?

아무것도 없는 허공.

몸이 붕 떠올랐다. 온몸에 소름이 돋았다.

다시 되살아난 옛날의 기억이 보름을 휘감았다. 달에서 땅으로 떨어질 때의 감각.

단 한 번의 잘못된 선택이 보름을 땅으로 미끄러지게 했다. 그건 처음이자 마지막으로 느낀 진정한 공포였다.

다른 신들은 느낄 수 없던 공포.

그 공포감이 보름을 이질적인 존재로 만들었다. 이곳도 저곳도 아닌, 그 사이에 끼인 어정쩡한 무언가로.

아무것도 없는 허공은 그 뒤로 보름이 가장 싫어하는 게 됐다. 날카로운 감각이 낸 상처는 오랜 시간이 지나도 아물지 못했다.

보름의 내면이 커다랗게 외쳤다.

싫어, 싫어!

"보름!"

그때 누군가 떨어지는 보름의 손을 잡아챘다. 보름이 본능적으로 잡은 손을 꽉 움켜잡았다. 단단한 안정감이 꽉 잡은 손을 통해 전달됐다.

"잡았어."

떨어지는 보름을 잡아챈 산호가 재빠르게 점프해 벽을 짚었다. 그러곤 아래층 바닥으로 착지했다.

"괜찮나?"

"……누가 호랑이 아니랄까 봐 잘 뛰어다니네."

"그렇게 대답하는 걸 보니 괜찮군."

보름이 배트를 다시 들었다.

검은 배트의 끝이 빛났다. 그건 칼날의 가장 날 선 부분에 어리는 섬뜩함과도 같았다.

"이런 얕은수까지 쓰다니. 확실히 이런 큰 건물에 깃든 귀다이거지?"

보름이 말을 이었다.

"하지만 이런 얕은수도 지금이 끝이다. 자, 어디 있느냐. 어차피 네가 숨어 있을 곳은 없다."

이곳에 있는 게 그 뭐든 오늘 보름의 눈을 피해갈 수는 없다. 보름이 배트를 땅에 내려찍었다.

"자, 보여라!"

눈앞의 허공이 부글부글 끓어오르기 시작했다. 그 너머로 기다란 무언가의 모습이 떠올랐다. 그게 무엇이든 보름에게는 중요하지 않았다. 다만 저것이 지금 자신이 잡아야 하는 악귀라는 사실. 그것만이 중요했다.

바로 그것을 향해 뛰어오른 보름의 손이 커다랗게 배트를 휘둘렀다. 정확히 그것의 끝부분을 가격한 배트에서 큰 소리가 났다.

쩌적!

날카로운 소리와 함께 배트에 맞은 부분이 부서졌다.

아래로 떨어지는 조각들. 그건 아까 위에서 보았던 스테인드글라스의 파편과도 비슷했다.

"위!"

산호의 경고에 보름이 바로 위를 배트로 막았다.

단단한 무언가가 배트에 막혔다.

"저게……."

고개를 든 보름이 눈을 찌푸렸다. 자신이 공격해 부서진 끝부분에서 이번엔 두 개의 머리가 생겨났다. 길게 찢어진 입 가운데로 새빨간 혀가 보였다.

"뱀?"

그러나 대답이 나올 리 만무했다.

커다랗게 입을 벌린 채 다가오는 뱀의 머리를 다시 한번 보름이 공격했다. 배트 아래서 박살 나는 머리. 그리고 그 자리에서 머리는 다시 두 배로 자라났다.

"이런. 무한 증식이라도 하겠다는 건가?"

보름의 물음에 뱀이 혀를 날름거리며 이쪽을 쳐다보았다. 못 할 것도 없다는 듯.

"이런 곳에 머물면서 계속해서 인간들을 내쫓은 존재야. 쉽게 생각하지 말라고."

산호의 말에 보름이 고개를 끄덕였다.

"나도 알아. 게다가 저 모습은……."

악귀들은 대부분 인간 형태를 하고 있었다.

죽은 뒤에도 남아서 다른 이들을 괴롭히는 존재는 인간 말고 거의 없었으니까. 그러나 지금 보름의 눈앞에 있는 건 뱀이었다. 그것도 크기가 어마어마한 뱀. 저런 악귀가 있다는 이야기는 지금까지 들어본 적이 없었다.

"하지만 네가 뭐든 난 관심 없어. 널 빨리 해치워야 내가 다음 의뢰를 처리할 수 있거든."

다음 의뢰가 바로 연화가 받아온 그 일이었다.

조폭 마나님이 맡긴 여자를 찾는 일.

연화를 받아들인 이유에는 그 일에 대해서 더 파고 싶었던 것도 있었다. 물론 연화를 끼지 않고 혼자서도 그 여자를 찾을 수는 있겠지만 결국은 언젠간 인간의 도움이 필요한 일이라는 걸 보름은 잘 알았다.

그럴 거라면 쓸모를 달라며 비는 연화에게 기회를 주는 것도 나쁘지 않겠다는 생각이 들었던 것이다.

이미 갈 곳이 없는 잡귀들을 집에 많이도 들여놓았다. 저 산군 호랑이도 마찬가지였고. 거기에 인간 하나를 더 얹는다 해도 바뀔 건 없었다.

"그러니까 빨리 와라. 네가 와야 오늘 일이 끝나."

보름이 손짓했다. 그 도발에 뱀이 머리 하나를 높게 들어 올렸다.

창문 밖으로 번개가 번쩍였다. 이어 바로 천둥 치는 소리가 들렸다.

쾅!

쩌저적!

사방의 모든 창문이 커다란 소리를 내며 깨졌다. 훅 하고 안으로 밀려 들어오는 바람과 안개. 몸을 감싸오는 안개에서 일순 따가운 느낌이 들었다. 살짝 고개를 숙인 보름 위로 그림자가 드리워졌다. 보름의 다리, 손, 어깨, 그리고 머리까지. 거대한 그림자가 몸을 전부 덮고도 남았다. 보름이 천천히 고개를 들어 올렸다.

쟁강거리는 유리 조각 소리.

깨진 조각들이 뱀의 몸에 비늘처럼 덮였다.

"잠깐, 저건?!"

창문으로 들어온 거센 바람에 보름의 머리칼이 흔들렸다.

"그럴 리가……."

없다고 말하고 싶었다.

유리 비늘을 온몸에 붙인 뱀의 모습은 이제 분명한 의미를 띄고 있었다.

'용이다.'

뱀과 용은 하늘과 땅 차이였다.

땅을 기어다니는 뱀과 하늘을 관장하는 용. 그 사이엔 크나큰 차이가 있었다.

워어어억!

용이 내짖는 울음소리가 사방을 울렸다. 방금 전과는 비교할 수도 없을 만큼 큰 힘이 울음소리에 실려 왔다. 보름이 넘어지지 않도록 흔들리는 몸을 다잡았다.

"어째서 용이 이런 모습으로 여기에 있는 거지?!"

건너편 기둥 뒤로 피신해 있던 산호가 고개를 내저으며 대답했다.

"용이 새로 태어났다는 이야기는 나도 못 들었는데!"

용은 천신 중 하나였다. 그것도 비와 구름, 바람을 관장하는 중요한 신.

그리고 지금도 인간에게 큰 믿음을 받고 있는 신이었다. 오히려 어쩌면 예전보다 용의 위세가 더 높아졌다는 이야기도 나올 정도였다.

만약 저게 정말로 천신이라면 보름의 힘으로는 상대하기 어려웠다.

'하지만 뭔가 이상해.'

천신인 용이 이런 곳에서 겨우 인간들의 힘을 빼먹고 있을 리가 없기 때문이었다. 어차피 상대하는 게 용이라고 해도 바뀔 건 없었다.

"용이라면 더 좋겠지. 내 격을 채우는 데 큰 도움이 될 테니까."

거기까지 말한 보름이 바닥을 박차고 용에게 달려들었다. 이번엔 머리가 아닌 꼬리를 노렸다.

하지만 용 역시 아까처럼 쉽게 당하지만은 않았다. 유리 조각들로 얼기설기 이어 붙여진 꼬리가 반대편으로 휙 움직이더니 달려온 보름의 몸을 콱 휘어잡았다. 날카롭게 깨진 조각이 보름의 피부에 생채기를 남겼다. 붉은 피가 흘렀다. 몸을 움직여 빠져나오려고 했지만 그럴수록 용의 꼬리가 더욱 강하게 보름의 몸을 움켜쥐었다.

"꺼져!"

잇새로 터져 나온 말과 함께 보름이 온 힘을 다해 몸을 빼내 배트로 꼬리를 후려쳤다. 커다란 소리가 났.

피에 미끌거리는 배트의 손잡이를 다시 한번 꽉 쥐었다. 어차피 모든 게 이판사판이었다. 상대를 쓰러뜨리지 못한다면 내가 죽는 판. 저게 진짜 용이라고 해도 상관없었다.

"보름! 진정해!"

하지만 이미 보름의 귀에는 아무것도 들리지 않았다.

이 정도로 흥분한 건 오래간만이었다.

"그래, 이래야지. 재밌네."

보름의 입술 끝이 위로 올라갔다. 웃는 것처럼. 아니, 진짜로 웃고 있었다.

"어차피 다 죽이고 먹으려고 온 건데."

피가 묻은 손으로 보름이 얼굴을 훔쳤다. 그러자 새하얀 얼굴에 붉은 피가 가면처럼 덧씌워졌다.

"보름!"

산호의 부름보다 더 큰 목소리가 빌딩 안을 채웠다.

넌 누구냐?

불어오는 바람 속에서 용의 목소리가 들렸다.

"네가 궁금해할 게 아니다."

보름이 피식 웃으며 대답했다. 그러곤 바닥으로 떨어진 유리 조각들을 밟고 곧바로 용의 몸통 위로 올라섰다.

넌 인간이 아니구나

들려오는 목소리. 용의 몸을 타고 달리는 보름이 씩 웃었다.

"그걸 이제 알았다고?"

여기에 속한 존재가 아니야

"너 역시 여기에 깃들어 있을 존재가 아닐 텐데."

넌 어디서 왔지?

다시 묻는 용의 목소리엔 아까와는 다른 종류의 감정이 깃들어 있었다.

보름이 그제야 천천히 입을 열었다.

"나는 달이다."

그와 함께 보름이 든 검은 배트에 그려진 달 그림이 은빛으로 번쩍거렸다.

떨어진 달, 월신(月神)이었던 것

그 말에 보름이 비릿한 미소를 지었다.

"그리고 다시 올라갈 존재라고 해줄래? 그렇게만 말하면 듣는 내가 짜증 나니까."

월신.

말 그대로 달의 신.

보름은 월신의 후계자로 달의 계수나무에서 태어났다.

커다란 은빛의 나무에서는 투명한 고치 같은 알이 열렸고 거기서 태어나는 존재만이 달을 이어받을 운명과 격을 지녔다.

알은 오랜 세월을 거쳐 아주 천천히 커졌다. 달의 신이 되는 모든 것들을 배워나가면서.

달에 있는 항아 선녀들은 자연스럽게 그때를 알았다. 지금 있는 달이 언제 이지러지고 그다음이 언제 뜰지. 그건 너무나 자연스러운 흐름이었다.

현재의 월신이 마지막 숨을 내쉬면 계수나무에서 태어난 다음의 월신이 첫 숨을 내쉬며 알에서 깨어났다. 소멸은 곧 새로운 시작.

나무에서 태어난 아이는 곧 다음 월신으로 모든 일을 매끄럽게 해나갔다. 달을 이어받아 돌보고 달을 믿는 자들을 보살피면서 인간의 관점에서 아주 길고 긴 시간을 그렇게 살아가야만 했다. 그것이 순리였고 보름에게 예비된 길이었다.

'하지만 미끄러졌지.'

정확히 말하면 미끄러졌다기보다는 스스로 달에서 떨어진 거였지만.

보름은 그것이 자신의 선택이라고 생각했다. 자신이 찾은 자신만의 의미와 책임, 그리고 사랑과 이해라고 생각했다. 그래서 자신이 더 이상 신이 아니어도 된다고 여겼다. 이제 제 눈앞에는 완전히 새로운 세계가 펼쳐져 있을 거라고.

그때는 그랬다.

웃기게도.

그러나 떨어진 땅은 지옥이었다.

월신의 후계자 자리를 박탈당한 보름이 이 세상에서 존재를 계속 유지하려면 힘이 필요했고 떨어진 격을 채우기 위해 부단한 노력을 해야 했다.

인간의 시간은 신의 시간과 참으로는 다르게 흘러갔다. 뭔가를 해내기 위해, 어떤 목표를 위해 애쓰고 아등바등하는 시간들이 아주 촘촘하게 엮여 있었다. 그래서 그 와중에 자기 자신을 잃어버리는 일들이 많았다.

신은 그 자체가 존재 의의였다. 그렇기에 다른 무엇을 위해 부단히 정진해야 할 필요도 없었고 스스로의 의미를 찾을 필요도 없었다.

오히려 신의 격이 높으면 높을수록 무(無)에 가까운 형태를 띠었다. 그들은 존재 자체로 이 세계의 구심점이었고 그렇기에 그들의 숨결 한 번, 눈짓 한 번이 거대한 나비효과를 불러일으켰다. 그래서 그들에게는 더더욱 무의 중용이 요구됐다.

물론 그렇게 완벽에 가까운 무의 형태를 띤 신들은 많지 않았다. 가만히 있어도 신격이 유지되는 신들은 신들의 세계에서도 완전히 다른 존재였다.

나머지 신들은 인간들의 믿음을 요구했고 그 믿음에 따라 일정 범위 내에서 격이 오르고 내렸다. 그러나 얼마나 격이 낮건 간에 그들은 신으로 태어난 존재들이었고 그만한 힘과 영향력을 가지고 있었다.

그리고 보름은 월신의 격을 회복하기 위해 지금 이렇게 노력해야만 했다.

"그러니까 이젠 그만 얌전히 내 손에서 죽어줘. 그리고 먹혀줘."

거기까지 말한 보름이 안개 속을 내달렸다. 이쪽에서 저쪽으로.

단 하나. 보름이 찾는 건 용의 역린이었다. 수백, 수천 개의 유리 비늘 사이에 감춰져 있을 한 개의 다른 비늘.

보름이 무엇을 찾는지 용도 알아챘는지 금방 몸을 뒤로 내뺐다. 그러곤 꼬리를 움직였다. 그러나 보름은 그보다 더 빠르게 움직였다.

"비슷한 수법에 또 당할 거라고 생각하는 건 아니……."

재빨리 피한 보름의 말이 끊겼다. 뒤에서 뭔가가 느껴졌기 때문이었다.

꼬리의 움직임은 눈속임이었다. 쩍 벌린 검은 입이 보름을 노렸다. 바로 뒤를 돈 보름이 배트를 휘둘렀지만 그보다 더 빨랐다.

'먹힌다.'

그 생각이 보름의 머릿속을 가득 메웠다.

그건 지금까지 보름이 해왔던 거였다. 먹는 것.

쩍 벌린 용의 입이 보름을 한 번에 삼켜버렸다. 어둠이 밀려왔다. 보름이 눈을 감았다. 그러자 처음으로 자신이 다른 신을 먹었던 그날 기억이 떠올랐다.

3년 전, 그 기억은 아직도 또렷하게 남아 있었다.

땅으로 떨어지고 나서 보름은 몇백 년의 시간을 호수 아래 죽은 듯이 잠들어 있었다. 소멸 바로 직전까지 간 몸을 회복하려면 오랜 시간이 걸렸으니까.

어쩌면 영영 깨어나고 싶지 않았던 건지도 몰랐다. 보름에게는 더 이상 기대하고 싶은 게 없었다.

본디 있어야 할 곳을 벗어나 땅으로 내려왔지만 그곳에서 보름이 마주한 것은 배신뿐이었다. 이 땅은 보름에게 잔인한 세상이었다. 그래서 차라리 소멸을 할 때까지 그저 그 호수 안에 영원히 잠들어 있는 것도 나쁘지 않겠다고 여겼다.

그러다가 만난 것이 바로 산호였다. 하나뿐인 산신을 잃고서 온몸을 다해 울어대던 호랑이. 그 울음소리에 섞인 비통함이 보름을 깨웠다.

신은 기도를 듣는다.

보름이 태어난 달은 수많은 것의 기도가 모이는 곳이었다. 태양과는 다르게 눈으로 가만히 들여다볼 수 있는 달은, 어둠을 밝히는 달은 그 특성상 더 많은 기도가 올라오곤 했다. 그래서 보름은 산호의 울음소리를 그냥 듣고 넘길 수가 없었다.

잠에서 깨어난 보름은 자신의 신을 찾아달라는 산호의 간절한 부탁을 들어주기로 했고 대신 산호 역시 그 대가를 치러야 했다. 보름이 다시 월신의 격을 회복하고 달로 올라갈 수 있도록 땅에 있는 잡귀들을 함께 사냥하는 것. 그게 산호가 해야 할 일이었다.

'난 다시 올라가야 해.'

깨어난 이상, 보름의 목표는 단 하나였다.

속아서 이 땅에 내려왔으니 자신의 힘으로 다시 올라가야 했다.

저 달로. 이곳과는 영영 다른 세상으로.

"그러니까 죽어!"

배트의 달 그림자가 번쩍거렸다.

동시에 보름의 긴 머리칼 끝도 흔들렸다. 그것의 힘과 보름의 힘이 맞닿은 곳이 은빛으로 일렁거렸다. 은빛의 선은 점점 더 보름 쪽으로 밀려왔다. 저 선이 보름에게 닿는 순간, 끝이 나는 거였다.

일렁이는 은빛이 보름의 눈앞까지 다가왔다. 보름의 눈썹이 살짝 찌푸려졌다.

우르릉!

그때, 어둠에 감싸인 사방이 흔들렸다. 찍어 누르던 용의 기운도 순간 희미해졌다. 보름은 그것을 놓치지 않았다.

쾅!

커다란 소리와 함께 보름의 배트가 어둠을 찢어발겼다. 그와 함께 바깥의 빛이 보름을 맞이했다.

"보름!"

산호의 목소리에 보름이 피식 웃었다.

"왜. 이번엔 정말로 먹히나 걱정했어?"

"지금 웃음이 나와?!"

그렇게 말하는 산호의 얼굴은 정말로 놀란 얼굴이었다. 보름이 갈갈이 찢긴 용의 가죽을 내려다보았다.

"하지만 덕분에 쉽게 처리했잖아. 용은 밖에서 공격하는 것보다는 안에서 공격하는 게 훨씬 더 쉬우니까."

"아무리 그래도 그렇지! 나한테 계획이라도 미리 설명해주던가!"

"방금 전에 생각난 거야."

뭐라고 더 하려던 산호가 그냥 입을 다물었다.

어차피 지금 자신 앞에 서 있는 이는 인간도 산신도 아니었다. 말을 한다고 앞으로 들어줄 리도 만무했다.

하늘에서 월신이 되어야 했을 존재는 땅의 약속과 규율을 지키려 하지 않았다. 아마 산호가 말한다고 해도 제대로 이해할 수 없을 게 뻔했다.

신은…… 그런 법이었다.

이 세상의 이들과는 전혀 다른 세계에 속한 존재였다.

"왜 또 그런 얼굴로 쳐다봐?"

보름의 물음에 산호가 손을 저었다.

"됐어. 어차피 당신은 내가 이야기해도 무슨 말인지 못 알아듣잖아. 말해도 내 입만 아프지."

신에게 걱정은 정말 불필요한 사치였다.

그들도 소멸을 하긴 했지만 그건 인간이 느끼는 죽음과는 또 다른 개념이었다. 그게 어떤 개념인지 신도 아닌 산호가 알 길은 영영 없었지만.

혹시 어쩌면 마고도 그렇게 생각했을까?

그런 생각까지 들자 입맛이 썼다. 마고를 죽인 이를 찾겠다고 백 년도 넘게 이렇게 지내는 것을 알면 뭐라고 말을 할지 알 수 없었다.

"걱정하지 마. 나도 네가 무슨 생각하는지 알아."

보름의 말에 산호가 눈썹을 살짝 들었다.

"정말로?"

"당연하지. 그러니까 진짜 죽을 것 같으면 꼭 그 전에 말할게. 적어도 네 앞에서 소멸하지는 않을 테니까."

"……지금 그걸 위로라고 하는 소리야?"

산호의 물음에 보름이 고개를 갸웃거렸다.

"이쪽이 아닌가?"

"됐으니까 그냥 하던 대로 해. 어차피 당신이 약속했잖아. 내가 마고 님을 찾을 수 있도록 도와주겠다고. 그러니 적어도 그 전에 죽으면 안 되지."

"그게 이렇게 되는 거였어?"

거기에 굳이 산호는 대답하지 않았다.

나름대로 위로를 해보겠다고 생각해서 나온 보름의 대답이라는 걸 산호도 잘 알았다.

"저거, 아직 살아 있는 것 같은데."

꿀럭거리며 움직이는 용을 가리켰다.

"그래도 나름 용이라고……."

보름이 그쪽을 향해 다가갔다. 그때, 용의 몸에서 유리 비늘이 전부 우수수 떨어져 내렸다. 그걸 본 보름의 눈썹이 찌푸려졌다.

"용이 아니군."

산호가 뒤에서 말했다.

"아니라고?"

보름의 물음에 대답하지 않은 채 산호가 발걸음을 옮겨 쓰러져 있는 그것을 향해 다가갔다. 유리 비늘이 떨어져 내린 곳을 가까이서 들여다보더니 입을 열었다.

"뱀도 아니고 용도 아닌, 요사귀다."

"요사귀?"

"용이 되기 전, 이무기의 혼령이야."

주변을 살핀 산호가 이상하다는 듯 눈을 살짝 찌푸렸다.

"뱀에서 이무기, 다시 용……. 그것이 하나의 순리일 텐데."

천신인 용의 자리가 빌 때가 오면 자연스럽게 그 자리를 채우기 위해 뱀 중에서 이무기가 나오곤 했다. 그리고 이무기가 용이 될 만큼 충분히 격을 채우고 나면 본디 있던 용은 소멸하고 이무기에서 용으로 올라온 이가 새로운 천신의 자리에 올랐다.

그러나 지금 천신의 자리에 있는 용은 그 자리에 오른 지 오래되지 않았다. 아직 마고가 살아 있을 적, 새로운 용의 자리에 오른 이를 축하하기 위해 산호 역시 딱 한 번 하늘에 오른 적이 있기에 확실히 기억했다.

"그런데 때 이른 이무기의 등장이라."

"누군가 순리를 거스르고 있군. 아니면 거스르고 싶어 하던지."

보름의 말에 산호가 고개를 끄덕였다.

용인 척 붙이고 있던 비늘마저 전부 잃어버린 요사귀의 모습은 볼품없었다. 갈가리 찢어진 가죽, 아래로 흘러내린 엄청난 양의 피.

찐득한 피 웅덩이를 밟고선 보름이 요사귀의 눈을 들여다보았다.

"이번엔 내가 묻지. 넌 누구냐?"

그러나 요사귀의 눈은 보름을 향해 있지 않았.

그 너머, 보름은 보이지 않는 무언가를 바라보고 있었다. 요사귀의 눈에 환희가 깃들었다.

"뭐 하는 거야?"

영원한 어둠이 온다

요사귀의 말은 이해할 수 없는 것이었다.

"뭐라고?"

하지만 요사귀는 대답할 생각이 없는 듯했다. 아니, 보름의 목소리조차 들리지 않는 것 같았다.

영원한 어둠이, 곧 오시리라!

커다랗게 소리친 요사귀가 머리를 일으켰다.

"보름!"

갑작스러운 상황에 산호가 보름에게 다가갔다. 그러나 요사귀는 그대로 풀썩 쓰러졌다. 보름이 괜찮다는 듯 손을 흔들었다.

"완전히 죽었어."

그렇게 말한 보름이 머뭇거림도 없이 뱀의 입 사이로 손을 집어넣었다. 끈적거리는 핏물이 몸에 묻었지만 그런 건 신경 쓰지 않았다.

"찾았다."

한참을 뒤지던 보름이 겨우 손을 뺐다. 거기엔 빛나는 구슬이 들려 있었다.

악귀든 도깨비든 현재 세상에서 모습을 유지하기 위해서는 힘이 필요했다. 구슬은 요사귀의 힘을 모아둔 실체였다.

보름의 손 위에서 구슬이 시뻘겋게 달아올랐다.

치이익!

뭔가가 타오르는 소리가 났다. 그러나 보름은 구슬을 놓치지 않았다. 달아오르는 구슬을 노려보는 보름의 눈동자가 밝게 빛났다.

결국 이긴 건 보름이었다. 달아오르던 구슬이 결국 손안에서 녹아내렸다. 구슬 안에 깃들어 있던 모든 힘이 보름에게 흡수되었다.

"아."

몸을 휘청인 보름이 산호를 쳐다보았다.

그대로 쓰러지는 보름의 몸을 산호가 가까스로 잡아냈다. 잠에 든 보름의 얼굴엔 만족스러운 미소가 가득했다. 갑작스럽게 큰 힘을 받아낸 반동으로 잠에 빠진 거였다.

품에 안긴 보름을 내려다보며 산호가 혀를 찼다. 그러곤 주변을 둘러보았다.

"항상 마무리는 내 몫이지."

산그림자

붉은 칠을 한 거대한 나무 기둥 문.

네모지게 놓여 있는 도리이(鳥居)는 뒤로 줄줄이 이어져 깊은 산속까지 계속되었다. 그 광경은 마치 악몽 속 끝나지 않는 계단처럼 보였다.

길을 따라 산 안쪽으로 들어서면 일본 내에서도 손에 꼽을 정도로 오래된 신사가 있었다. 꽤나 외진 곳에 있었지만 참배객들이 들끓는 곳이었다. 그 이유는 하나.

신사 내에 있는 '검은 신당' 때문이었다. 유명 아이돌의 뮤직비디오 배경으로 나오면서 일본 내에 저런 곳이 있었냐고 다시 인기를 얻었다. 거기에 곁들여 이 신사의 기도 효험이 세다는 이야기까지 같이 전해지게 되자 사람들이 모이기 시작했다.

진짜로 기도 효과를 봤다는 사람들의 후기가 인터넷에 공유되고 그것을 본 다른 이들이 다시 찾아왔다. 수많은 사람이 욕망을 안고 이곳에 와 믿음으로 기도를 올렸다. 돈을 바치고 선물을 바쳤다.

그러나 오늘만큼은 검은 신당으로 가는 길이 텅 비어 있었다.

반기별로 한 번씩 있는 특별 기도일이었다. 그날엔 일반 참배객들이 경내로 들어오는 것을 막고 허락된 사람들만이 신당으로 들어올 수 있었다.

입구엔 양복을 갖춰 입은 남자들이 귀에 이어폰을 낀 채 신당을 찾은 이들을 안내했다. 특별 기도일에 대해 알아보지 않았던 몇몇 여행객들이 아쉽다는 표정으로 다시 돌아갔다.

―본부장님 오십니다.

귀에 낀 이어폰을 통해 내려온 지시였다.

그와 함께 검은 차 한 대가 입구 앞으로 들어왔다. 차에서 내린 남자는 훌쩍 키가 컸다. 순간 문을 지키고 있던 이들이 멈칫거렸다. 그들의 험악한 얼굴에 일순 긴장감이 감돌았다.

'저게 뭐지?'

남자들의 긴장감에는 그런 질문이 함께였다. 이해하지 못한 것을 눈앞에 둔 자들의 경계심과 옅은 공포.

걸어오는 자의 발걸음은 우아했다. 챙이 넓은 검은 모자의 테두리를 따라 드리워진 검은 구슬 줄이 잘그락거리는 소리를 내며 움직였다. 구슬 줄은 주렴처럼 얼굴을 가리고 있었다.

"안녕."

구슬로 가려진 얼굴에서 가벼운 목소리가 흘러나왔다. 어딘지 모르게 장난기가 섞여 있어 이곳과는 전혀 어울리지 않는 목소리였다.

남자들이 멍하니 앞에 서 있는 김현을 바라보았다.

"여기 애들은 교육이 제대로 안 되어 있는 건가?"

그 말에 검은 옷을 입은 남자들이 퍼뜩 정신을 차렸다.

"본부장님 오셨습니까!"

커다랗게 인사를 하며 고개를 숙이는 남자들을 한 번 쓱 훑어본 김현이 혀를 찼다.

"앞으로는 좀 관리를 잘하라고 해야겠네. 문이나 열어."

그 말에 남자 중 하나가 얼른 공손한 태도로 도리이로 향하는 문을 열었다. 김현이 천천히 도리이 계단을 올랐다.

훅.

저 산 안쪽에서부터 바람이 불었다. 차갑고 눅눅한 습기를 머금은 바람이었다. 그 바람에 김현이 쓰고 있는 구슬 줄이 소리 내며 서로 부딪쳤다.

현이 천천히 도리이를 지나 산길을 올랐다. 아래로 펼쳐진 땅에서 강력한 기운이 느껴졌다. 그리고 곧 길을 돌아 보이는 거대한 검은 그림자.

'검은 신당'

찌를 듯이 솟아오른 지붕의 끝, 정교히 세공된 나무로 장식

된 문틀과 기둥 들, 그 모든 게 전부 새까맣게 칠해져 있었다.

쏟아지는 햇살 아래서도 신당은 검은 그림자를 당당하게 드리우고 있었다. 가만히 그 신당을 보고 있으면 꼭 뭐에라도 홀릴 것만 같은 기분이 들었다. 다른 모든 색을 먹어치워버리고 오로지 검은색만 존재하는 것처럼 보였다.

많은 사람이 신당을 향해 빈 소원들이 가지각색의 실처럼 뽑혀 나와 신당에 엮어져 있었다. 물론 그건 김현의 눈에만 보이는 광경이었다. 색색의 소원들이 모여 신당을 더욱 검게 물들였다.

신당 한쪽에서 하카마(袴)*를 입은 남자가 나왔다.

"현 님."

다이스케는 대를 거쳐 이 신사를 지켜온 가문의 장남이었다. 그와 그의 가문은 이곳에 계신 그분의 영향력 아래 있었다.

"그동안 별일 없었지?"

"예."

"곧 내가 한국으로 가야 하니 그때도 이곳을 잘 부탁하마."

"제 목숨을 다해서라도 명을 받들겠습니다."

"이번 한국행에서 준비가 다 되었다고 판단되면 곧 '그때'가 올 것이다."

그 말에 다이스케의 눈이 커졌다.

---

* 일본의 전통 의상. 기모노의 한 종류로 통이 매우 넓은 하의이다.

"그게…… 정말입니까, 현 님?! 영원한 어둠이 온다는 말씀이십니까?"

다이스케의 목소리는 떨리고 있었다. 현이 고개를 끄덕였다.

"그래. 지금까지 우리가 기다려왔던 것이 곧 실체를 갖추겠구나."

"저의 선조들께서 대를 이어 준비해왔던 운명의 시간이 드디어……!"

"그분을 모시는 데 있어서 한 치의 어긋남도 없어야 할 것이다. 무슨 말인지 알겠지?"

다이스케가 고개를 끄덕였다.

"여부가 있겠습니까. 저희 가문이 지금껏 존재한 이유가 오로지 그분을 모시기 위함이 아니었습니까. 온 힘을 다하도록 하겠습니다."

대답하는 다이스케의 얼굴이 기대감으로 부풀어 올랐다. 현이 말을 이었다.

"그렇게만 된다면 지금과는 비교할 수 없을 정도로 큰 부와 힘을 가질 수 있을 것이다."

다이스케가 저도 모르게 혀로 입술을 축였다.

김현이 저렇게까지 말을 할 때는 그 이유가 분명했다. 지금까지도 그의 말을 들었을 때 다른 결과가 나온 적이 없었다.

비교할 수 없을 정도의 부와 힘.

상상만 해도 온몸이 짜릿할 정도였다.

검은 신당이 사람들 사이에 다시 한번 유행이 되면서 들어오는 모금액의 자릿수가 달라졌다. 그 역시 전부 김현의 머리에서 나온 계획이었다.

"일본의 공양은 어떻게 되고 있지?"

다이스케가 얼른 대답했다.

"대도시를 중심으로 숫자들이 증가하고 있습니다. 예비용까지 포함한다면 말씀하신 다음 달까지는 전부 채워질 것으로 생각합니다."

"딱 좋군."

현이 발걸음을 옮겼다.

"나는 그분을 만나 뵙고 돌아갈 것이니 신경 쓰지 말고 일해."

"알겠습니다. 영원한 밤이 속히 오시길."

주문과도 같은 말을 끝으로 다이스케가 공손한 태도로 자리를 떴다.

김현은 검은 신당의 반대편에 세워진 작은 건물로 들어섰다. 현을 알아본 무녀가 건물 안 문을 열어주었다.

그 문은 지하로 검은 신당까지 들어갈 수 있는 통로였다.

현이 천천히 안으로 들어섰다. 통로의 양쪽으로는 기묘한 벽화가 그려져 있었다. 벽화 안 선녀와 신, 영물 들은 전부 고통에 가득 차 있었다. 늘 자애로운 미소를 띤 채 인간들을 내려다보던 모습은 어디로 가고 비명을 지르거나 살려달라고 누군가에게 빌고 있었다.

화살에 꿰뚫린 순간, 보이지 않는 무언가에 짓밟히는 얼굴, 불길에 휩싸인 모습, 솟아오른 칼 위를 피하는 동작들.

피와 죽음이 가득한 그림이었다.

그러나 현은 눈썹 하나 까딱이지 않고 그림 옆을 지나쳤다.

그건 지금까지 김현이 '그분'에게 올린 공물들이었다. 일본과 한국 각지에서 잡아들인 신과 영물 들은 그분에게 먹혀 양분이 되었다.

어차피 소멸될 것들이었다. 더 큰 힘 안에 흡수되어 영원을 누릴 수 있다면 오히려 영광으로 생각해야 했다. 그것만으로도 감지덕지해야 했다.

순간 새까만 어둠이 현을 뒤덮었다.

휙 불어온 바람에 현이 쓰고 있던 모자가 날아갔다. 바람 안에는 따끔할 정도로 강력한 기운이 깃들어 있었다.

현이 이를 꽉 깨물었다. 매번 느끼는 거였는데도 늘 참기가 힘들었다. 그냥 도망가버리고 싶은 욕구가 저 아래서 일렁거렸다. 새까만 어둠, 그 속에서 이쪽을 바라보는 시선. 그 시선은 김현의 저 안쪽까지 전부 뒤집어 까 보는 눈길이었다.

몇백 년이 지나도 똑같았다. 그 앞에만 서면 김현은 보잘것없는 인간이었다.

아예 태어나지 않았더라면 좋았을 것을. 그런 생각도 들었다. 적어도 분수를 알고 그런 오만한 기도만이라도 올리지 않앗더라면 이렇게까지는 되지 않았을 수도 있었다.

'인간의 한계를 넘어서고 싶소. 이 좁은 땅과 하늘 말고 더 큰 세상을 보고 싶고 오래도록 살고 싶소. 내 이름이 천세 만세에 남도록 하고 싶단 말이오.'

오만했던 자신의 과거를 김현은 생생하게 기억하고 있었다. 아직 어렸었다. 자신이 한 말의 의미가 무엇인지도 몰랐고 그 말을 듣고 있던 상대방이 누군지도 몰랐다.

순진한 무지가 김현의 인생을 망쳤다.

"왔어?"

김현의 온몸을 덮은 어둠이 개면서 신당 안에 앉아 있는 작은 인영 하나가 보였다.

"영원한 어둠을 뵙습니다."

현이 무릎을 꿇고 손을 모아 이마를 바닥에 댔다. 납작 엎드린 현의 위로 천진한 목소리가 이어졌다.

"어때? 여행은 재미있었어?"

새하얀 버선이 바닥에 엎드린 현의 시야 끝에 닿았다.

검은 신당 내부는 반짝이고 예쁜 것들로 가득 채워져 있었다. 진주로 꿰어 만들어진 모빌, 비단에 금실과 은실로 자수가 놓인 폭신한 이불, 커다란 보석을 깎아 만든 인형과 비싼 가죽으로 만든 가방 들이 아무렇게나 놓여 있는 광경은 그야말로 별천지처럼 보였다.

그 뒤로 보이는 것은 신당 다다미 위를 굴러다니는 작은 장난감들이었다. 장난감들은 전부 금과 은, 보석으로 만든 것들이었다. 아마 다이스케가 헌납했을 거였다. 그중 몇 개는 벌써 흥미가 떨어졌는지 부서져 있었다.

그리고 이곳의 주인이자 김현의 주인이기도 한 이.

그믐.

현이 천천히 고개를 들었다. 거기엔 일고여덟 살쯤 되어 보이는 여자아이가 있었다. 폭신한 인형을 끌어안은 채 웃고 있는 아이.

그러나 현은 깍듯한 어조로 답했다.

"그믐 님의 보살핌 덕에 잘 다녀올 수 있었습니다."

"그래? 하긴 내가 너를 제일 아끼긴 하잖아."

그믐의 웃음소리가 쟁강거리며 현의 귓가를 울렸다.

"이제는 이곳도 슬슬 재미없어. 다 뻔하기만 하고."

"곧 옮기실 수 있을 겁니다. 준비가 막바지에 이르렀습니다."

그 말에 그믐이 손뼉을 쳤다.

"정말?! 좋은 소식이네."

그러던 그믐이 한 바퀴 몸을 돌려 다시 현을 보았다.

"달은?"

"위쪽의 달은 별다른 특이사항은 없습니다. 물론⋯⋯."

"아니, 위쪽의 달 말고. 거긴 궁금하지도 않아. 늘 똑같잖아. 우리가 땅에 내려온 후로 월신의 자리에 어부지리로 오른 셋째는 절대 다른 선택을 한 적이 없지. 셋째는 기다리고 있는 거야. 자신이 자리를 내놓아야 할 언니가 누군지 알아차릴 때를."

거기까지 말한 그믐이 다시 물었다.

"우리의 보름은 어디서 뭘 하고 있지?"

그 말에 현의 눈동자가 잠깐 흔들렸다. 하지만 곧 침착한 어조로 입을 열었다.

"죄송합니다. 아직까지 찾지 못했습니다."

"그래?"

그믐이 현의 턱에 손을 대 들어 올렸다.

김현의 눈동자에 방글거리며 웃는 그믐의 얼굴이 가득 비쳤다.

"정말로 못 찾은 거야, 아니면 찾고도 못 찾은 척하는 거야?"

"제가 어찌 그믐 님 앞에서 거짓말을 하겠습니까. 어쩌면 아직 깨어나지 않은 건지도 모릅니다."

"차라리 깨어나지 못하는 게 그 애에게는 더 나을 수도 있지. 잠자는 것처럼 그대로 소멸할 테니 말이야."

"한국에서 더 많은 사람이 우리의 일원이 되고 있습니다. 곧 그자가 어디에 있는지 알아낼 수 있을 것입니다."

"아무렴. 빨리, 찾아내야지."

그렇게 답하는 그믐의 손에 힘이 들어갔다. 들려 있던 인형이 두 조각으로 찢겼다. 머리와 몸통이 분리된 인형 조각이 바닥으로 떨어졌다.

그믐이 인형 대신 김현의 목을 끌어안았다. 가느다란 그믐의 팔은 뱀처럼 차가웠다. 그믐의 숨결이 김현의 귓가에 닿았다.

"그러고는 다 죽여버리자. 다 먹어버리는 거야."

어린아이의 목소리로 그렇게 말하는 그믐의 이야기는 그야말로 소름이 돋을 지경이었다.

김현에게서 휙 떨어진 그믐이 춤이라도 추는 것처럼 신당 안을 가로질렀다.

"어차피 끝은 정해져 있는 건데."

"……당연한 결과가 아닙니까. 지금까지 힘을 모으신 그믐님의 앞길을 누가 방해할 수 있겠습니까?"

"아무래도 예쁜 옷을 준비해야겠어. 내가 달로 올라가는 날, 입어야 할 게 필요하잖아. 달에 있었으면 항아들이 옷을 만들어줬을 텐데. 아, 너도 봤지? 달에만 피는 꽃을 따다가 만든 천으로 지은 옷."

"그걸 제가 감히 봤을 리가요."

현의 대답에 그믐이 씩 웃었다.

"그래? 그럴 리가 없는데. 너도 봤어."

그믐의 얼굴엔 싱글벙글 웃음이 피어 있었다.

"왜. 네가 보름을 꼬여서 이 땅으로 떨어지게 한 날 있잖아. 그날을 잊어버렸다고 하진 못하겠지?"

그 말에 현의 얼굴이 굳었다.

"그때 보름이 입고 있었던 게 그 옷이잖아. 제 딴에는 가장 귀한 것을 입고 온다고 그랬을 테지."

그렇게 말하며 그믐이 현을 향해 고개를 돌렸다. 뭔가 재밌는 것이라도 나오지 않을까 기대하는 얼굴이었다.

현이 최대한 마음을 가다듬었다.

"그랬던가요. 하지만 그믐 님도 아시잖습니까. 가장 뜨거웠던 사랑도 전부 다 잊어버리는 것이 인간입니다."

그 말에 그믐이 커다란 웃음을 터뜨렸다.

"하하하! 맞지, 맞아!"

한참을 웃던 그믐이 현의 어깨를 두드렸다.

"시간만 좀 흐르면 그렇게 죽고 못 사는 사랑도 전부 차가워져버리고 말지. 혹은 처음부터 뜨거웠던 것처럼 속일 생각이었거나."

현이 숨을 깊게 들이마셨다.

그믐이 새까만 눈을 굴리며 그런 현을 관찰했다. 마치 개미집에 뜨거운 물을 부어놓고 어떻게 되는지 구경하는 아이처럼. 그런 아이의 관심을 금방 끊어버릴 수 있는 건 아무런 반응도 보이지 않는 것뿐이었다.

"인간이란 본디 그런 족속이라 어쩔 수가 없습니다."

겨우 그 말을 마치고 현이 고개를 더 깊게 숙였다.

"재미없게 굴긴. 내가 괴롭힐 거 같아서 그래?"

그믐이 장난기 섞인 미소를 지으며 말을 이었다.

"그래도 죽을 때까지 자랑스러워해도 좋아. 한낱 인간 주제에 월신의 후계자를 땅으로 끌어냈잖아. 네가 아니었더라면 지금의 이런 일도 벌이지 못했을 거야. 물론 내가 월신의 자리에 올라가는 데 시간이 이렇게까지 오래 걸릴 줄은 몰랐지만."

말을 마친 그믐이 테이블 위에 있던 주사위를 집었다. 물소뿔로 만든 주사위에 금칠로 숫자가 표시되어 있었다. 주사위가 그믐의 손안에서 잘그락댔다.

"난 네 모든 소원을 들어주었잖아. 안 그래?"

그믐의 말에 김현이 숨을 한 번 깊게 들이마셨다. 소원을 들어주긴 했다. 하지만 그 대가로 가져간 것이 너무나 컸다.

그때 그믐을 만나지 않았더라면 김현은 어떤 인생을 살게 되었을까.

그믐과 김현이 처음 만났던 그때.

사람들은 태어날 때 정해진 신분대로 살고 하늘에는 달과 별과 태양 외에는 아무것도 없던 시절. 산은 산이었고 달은 달이었고 인간은 인간이었던 때였다.

아직 왕이 있고, 나라의 이름이 조선이라고 불렸던 때.

김현의 이름은 고향뿐만 아니라 한양에도 널리 알려져 있었다. 그건 순전히 그의 수려한 외모와 뛰어난 문장력 덕분이었다.

신언서판이라고 했던가. 가장 처음이 겉모습이고 그다음이 말솜씨라는 말처럼 김현은 겉과 속이 전부 완벽했다. 그래서 다들 안타까워했다. 김현 자기 자신을 제외한 나머지 것들은 전부 그에 미치지 못했으니까.

잘나지 못한 집안, 그것도 서자 출신.

아무리 스스로가 빛나도 어디에 써먹지 못할 아름다움이었다. 김현의 미래는 이미 정해져 있었다. 날고 싶어도 이미 날개를 꺾인 몸이나 다름없었다.

매일 같이 술에 취해 살았다. 아무것도 기대할 수 없는 미래는 김현을 절망 속에 주저앉게 만들었다.

그날도 비슷했다. 달구경을 하며 술을 마신답시고 자리를 잡은 정자였다. 그곳에 있던 건 오로지 쌓인 술병과 달, 그리고 김현뿐이었다.

"내가 소원을 들어줄 수 있는데."

엎어진 술잔.

놀란 얼굴로 김현이 자신 앞에 갑자기 나타난 여자아이를 보았다. 대체 어디서 나타난 건지 몰랐다. 김현이 딸꾹질을 시작했다. 여자아이가 깔깔 웃었다.

그 웃는 얼굴이 무서웠다.

자신을 바라보는 눈빛. 어린아이가 가질 수 없는, 아니, 가져서는 안 되는 눈빛.

한참을 웃던 아이가 김현에게 물었다.

"너, 소원이 있잖아."

"뭐라고……?"

"마음 깊은 곳에 원하는 것이 있잖아. 그걸 나한테 말해봐.

난 그걸 들어줄 수 있어."

그 말에 김현의 눈동자가 흔들렸다.

아이가 현의 얼굴에 손을 댔다. 그 순간 마음이 일렁거렸다. 안에 있는 모든 생각과 마음을 그냥 이 자리에서 다 토악질하듯 뱉어버리고 싶은 생각이 들었다. 어차피 눈앞에 있는 건 어린아이. 그런 눈빛을 하고 있다고 해도 저 아이가 뭘 할 수 있을 거란 생각은 없었다.

혹은 이 모든 게 술에 취해서 보는 환상일 수도 있었다.

그렇다면.

"말해봐."

달콤하게 울리는 아이의 목소리.

바닥에 떨어진 잔, 그 위로 흐르는 술 그리고 술에 비쳐 반짝이는 달빛. 그것을 가만히 보고 있던 김현이 저도 모르게 입을 열었다.

"나는 나의 한계를 넘어서고 싶소."

가지고 있는 것을 펼치지 못하는 지금의 이 상황이 김현에게는 불합리했다. 이런 가문과 서자 출신만 아니었더라도 자신이 거머쥘 수 있었던 부와 명예가 눈앞에 아른거렸다.

"그리고?"

여자아이의 물음에 김현이 멍하니 되물었다.

"그리고……?"

"겨우 그것만이야? 아닐 텐데. 네 안에 들어 있는 마음에 귀를 기울여봐. 네가 진짜로 바라는 게 무엇인지 말이야."

아이의 새까만 눈동자에 비치는 김현의 모습.

제 모습을 마주한 김현이 천천히 대답했다.

"나는…… 인간의 한계를 넘어서고 싶소. 이 좁은 땅과 하늘 말고 더 큰 세상을 보고 싶고 오래도록 살고 싶소. 내 이름이 천세 만세에 남도록 하고 싶단 말이오!"

점점 더 빨라진 김현의 대답은 끝에 가서는 거의 비명처럼 울렸다.

그 말을 들은 여자아이의 얼굴엔 만족스러운 미소가 가득 떠올랐다.

"좋아."

"뭐라고?"

자신이 무슨 대답을 했는지도 기억이 나지 않는 얼굴로 김현이 고개를 들어 여자아이를 응시했다.

여자아이가 짙은 미소를 띠었다. 작은 손이 김현의 이마에 닿았다. 얼음장처럼 차가운 손이었다. 살아 있는 아이의 손이라고는 믿기지 않을 정도로.

"좋다고. 그만한 배짱은 있어야지."

아이의 말과 함께 김현이 앉아 있던 정자 앞 호수의 물이 크게 흔들렸다.

아니, 어쩌면 물이 흔들린 게 아니라 물에 비친 달이 흔들린 걸지도 몰랐다.

"나, 그믐이 너의 소원을 들어주겠다. 이것은 신이 하는 고귀한 약속의 말씀이라."

그렇게 말하는 아이의 목소리에는 힘이 있었다.

정말로 신이 내려온 것만 같았다.

"그믐……?"

"그래. 그게 나의 이름이다. 앞으로 네가 섬기게 될 이름이기도 하지."

그믐.

달이 뜨지 않는 밤.

영원한 어둠.

"나는 네 소원을 들어줄 것이다. 그리고 너는 나의 명령을 따를 것이고."

"제, 제가 어떤 명령을 따르면 되겠습니까?"

김현의 입에서 저도 모르게 공손한 물음이 나왔다. 그믐이 웃었다.

"그래, 얼굴만큼이나 머리도 빨리 돌아가는 아이구나. 네가 해줘야 할 건 아주 간단해. 그리고 너라면 잘할 수 있을 테지."

그믐이 김현을 내려다보았다.

만족스러운 얼굴이었다. 찾아내고 솎아낸 얼굴은 그믐의 마음에도 쏙 들었다.

"네가 해줄 일은 단 하나다. 한 번도 사랑에 빠져본 적 없는 존재와 사랑에 빠지는 일이란다. 어때, 아주 쉽지?"

"사랑에…… 빠지라고요?"

생각지도 못한 요구였다.

"그래. 아니면 사랑하는 척만 하던가. 뭐, 중요한 건 네 마음이 아니야. 그 애의 마음을 움직여서 너를 진심으로 사랑하게 만들어야 해. 그러려면 너도 사랑에 빠지는 게 제일 쉬우니까."

"대체 누구를 사랑하게 만들어야 하는 겁니까?"

그믐이 손을 올렸다.

손끝은 밤하늘에 휘영청 떠 있는 보름달을 가리켰다.

"저것."

그리고 너는 저 달을 이 땅으로 끌어내리는 인간이 될 것이다.

잘그락.

그믐의 손에서 주사위가 부딪치는 소리를 냈다.

"결국 넌 네 소원을 이뤘잖아. 인간의 한계를 넘었고 더 큰 세상을 볼 때까지 살았지."

김현이 쓴웃음을 지었다.

물론 그믐은 정말로 김현의 소원을 이루어주었다. 그러나 뒤늦게 알았다. 그때 말했던 것들은 자신이 정말로 원하던 게 아니라는 사실을.

사랑에 빠지고 나서야 알게 되었다.

자신이 원하던 것은…….

거기까지 생각하던 김현의 머리 위로 그믐의 목소리가 칼날처럼 떨어졌다.

"하지만 나의 소원은 아직이야."

그믐이 김현을 보았다.

현이 얼른 시선을 내리깔았다. 시선을 마주치면 자신이 방금 전 무슨 생각을 했는지 낱낱이 다 읽혀버릴 것만 같았다.

그믐의 작은 손이 옆에 자라난 나무에 달린 붉은 과일을 하나 뚝 뗐다. 이리저리 과일을 보던 그믐이 크리스털 잔 위에서 과일을 꽉 쥐어짰다.

끄아아아아악—!

어디선가 비명 소리가 난 것도 같았다. 탐스러운 과일이 작은 손안에서 사정없이 찢겨나갔다. 새빨간 즙이 손가락 사이사이에서 흘러내렸다.

투명한 잔 안에 차오르는 액체.

그믐이 그것을 천천히 들이마셨다. 온몸으로 퍼지는 힘이 느껴졌다.

소원과 기도, 욕망으로 점철된 공간 안에서 그믐은 인간들의 믿음을 통해 강해졌다. 과학의 시대가 밝아왔다고 했지만 여전히 인간들은 운명과 보이지 않는 것들을 믿었다. 더 밝아지는 부분이 있을수록 더 어두워지는 부분도 있기 마련이었다.

인간들은 스스로의 힘으로는 어쩔 수 없는 것들에 대해 빌고 또 빌었고 그믐은 그들의 기도를 바탕으로 한 번 더 일어섰다.

"언제까지고 셋째인 삭이 월신을 대행할 순 없을 거야. 어차피 정해진 순리는 삭이 아니었으니까."

삭은 계수나무에서 자란 세 번째 아이였다.

첫째인 보름, 두 번째인 그믐, 그리고 세 번째인 삭.

그 말인즉 월신의 후계자로 태어난 세 자매 중에서도 삭은 가장 변변치 않은 존재라는 의미였다. 물론 지금 당장은 삭이 월신의 자리에 올라 있지만 그조차 정식은 아니었다.

그저 땅에 떨어진 보름과 그믐 대신 월신의 일을 대행하는 정도였다. 만약 정식으로 삭이 월신의 자리에 올랐다면 그믐 자신도 지금 이렇게 존재하지 못했을 것이다.

신의 자리는 단 하나. 그 자리가 정식으로 채워지면 계수나무에서 태어난 나머지 아이들은 전부 사라지고 말았다.

그러나 그믐은 살아남았다. 아직까지도.

보름을 후계자 자리에서 끌어내리기 위해 계책을 세운 것이 들켜 번개와 함께 땅에 떨어졌지만 그래도 소멸되진 않았다.

지금은 그것만으로도 충분했다.

삭은 월신의 자리를 채우지 못했고 달은 비워져 있었다. 그건 그믐 자신이 격만 회복한다면 언제든 다시 월신이 될 수 있다는 것을 의미했다.

물론 그걸 위해선 많은 믿음과 희생이 필요했다.

그믐이 자리한 신당, 그 자체가 그믐이 지금까지 모아온 믿음으로 지어진 거였다.

땅으로 떨어진 그믐은 조선에서 도망칠 나라로 일본을 선택했다. 이곳엔 이미 수천수만의 신이 있었고 신들이 많다는 건 그믐이 먹어치울 수 있는 것도 많다는 의미였으니까.

그래서 이 나라를 선택했다.

헛된 믿음과 잡신들로 가득한 나라를.

물론 신으로서 바다를 건너는 것은 존재 자체를 내놓는 위험한 행위였다.

강은 자연스럽게 산과 산을 가르고 그 구역들은 각각의 산신들의 터가 된다. 물은 연옥의 삼도천과 이어진 것으로 땅과 하늘에 있는 신들과는 또 다른 존재들이 다스리는 곳이었다. 아무리 신이라고 해도 바다를 건너는 것은 그 힘이 꺾일 것을 가정한 일이었다.

그러나 그때 그믐에게는 선택의 여지가 없었다. 조선에서는 그믐이 뿌리를 박고 살아낼 곳이 없었기에 어쩔 수 없이 바다를 건너 여기까지 온 것이었다.

거의 소멸할 뻔했다. 그러나 아직은 죽을 때가 아니었던지 그믐은 살아남았다. 그렇게 도착한 이 섬에서 그믐은 힘을 회복한 후 다시 보름을 찾아 나설 생각이었다.

보름은 그믐이 소멸했다고 여길 거였다. 바다 건너에 있는 그믐의 힘을 느낄 수 없었을 테니까.

그믐은 그 틈을 노리기로 했다. 이곳에서 힘을 되찾고 다시 바다를 건너 보름을 찾기로 했다. 같은 월신의 후계자였던 보름의 힘은 월신의 격을 찾을 수 있는 마지막 조각이 되어줄 거였다.

"이제는 정말로 내가 달에 오를 시간이 왔어."

현이 고개를 끄덕였다.

"그리고 네 손에 보름을 쥐여줄 날도 머지않았지."

이어진 그믐의 말에 현이 저도 모르게 주먹을 꽉 쥐었다.

"모든 흐름이 결국 하나를 향해 가고 있다."

그믐이 눈을 들어 검은 신당의 천장 가운데를 바라보았다.

검게 칠해진 나무를 겹겹이 쌓아 올린 천장은 위로 갈수록 좁아지는 형태를 취하고 있었다. 높은 천장은 사람들이 낸 돈으로 증축에 증축을 거듭했다.

그리고 천장의 가장 높은 곳에 매달려 있는 것. 그것은 검은 철로 만든 커다란 화살이었다. 성인 남성만 한 크기의 화살은 세계대전에 사용된 각종 무기를 녹여 만든 것이었다.

수많은 사람의 목숨을 앗아가고 그 피가 깃든 무기는 그믐이 원하는 '파월의 화살'을 만들기에 적합한 재료들이었다.

그것은 말 그대로 '달을 깨뜨리는 화살'이었다.

"빨리 저것을 쏠 날이 왔으면 좋겠습니다."

현의 말에 그믐의 눈썹이 살짝 떨렸다.

"곧 올 것이다. 영원한 어둠이, 하늘과 땅에 드리워지는 날이."

김현이 고개를 숙였다. 그믐이 현을 머리에 가볍게 손을 댔다.

"걱정하지 마라, 아이야. 결국 넌 네가 원하는 것을 손에 얻게 될 것이니. 너를 믿지 말고 나를 믿어라."

그믐의 짧은 말과 함께 김현의 모습이 검은 신당 안에서 사라졌다.

남은 건 이제 반짝이는 것들과 화살과 그믐뿐이었다.

"기다려라."

보름의 힘을 자신이 먹어치울 수만 있다면.

그럴 수만 있다면 이 길고 지루한 전쟁은 끝을 맺을 수 있었다.

"그러려면 일단 내가 그곳으로 갈 수 있는 길이 먼저 만들어져야겠지."

●

짤그락.

비단보 위에 엽전 몇 개가 떨어졌다. 보름이 신기하다는 듯 물었다.

"정말 이렇게 하면 알아낼 수 있어?"

"쉿."

연화가 검지를 들어 올렸다. 그 소리에 보름이 얼른 입을 다물었다. 뒤에서 그 모습을 보던 산호가 피식 웃었다.

"아니, 자기가 모시는 신한테 조용히 하라고 하는 무당이 어딨어?"

그 말에서야 보름이 어이없다는 듯 눈을 크게 떴다.

"그러네?!"

짤그락!

다시 한번 떨어진 엽전을 연화가 들여다보았다.

"하지만 보름 님은 뭔가를 말해주는 신은 아니잖아요. 보름 님께 받은 기운을 이런 쪽으로 써야 하는 건 오로지 제 능력에 달려 있고요."

"이제 신내림은 다 받았다고 앞에서 이렇게 막말을 하는 거야?"

보름의 물음에 연화가 무슨 소리냐는 듯 대답했다.

"그냥 있는 그대로를 대답한 것뿐이에요. 자, 여기서 서쪽이라고 나오네요."

지금 연화는 의뢰받은 그 여자가 어디에 있는지 알아보기 위해 엽전점을 치고 있었다. 점점 범위를 좁혀갔고 지금은 서울을 동서남북으로 나눠 어떤 방향에 그 여자가 있는지 물어보고 있던 참이었다.

산호가 말했다.

"그럼 이제 서쪽에 있는 지역구들을 정리해서 물어보자고."

"야, 호랑이. 너도 은근히 연화한테 묻어간다? 지금 내가 박대당하고 있는 거 안 보여?"

"글쎄, 당신이 박대당하는 거랑 나는 별로 상관없는 거 아니었어?

"이제 그렇게 선을 그으시겠다?"

"옆에서 뭐라고 말만 하지 말고 연화 일에 도움이나 좀 줘. 그래도 당신이 직접 선택한 아이잖아."

"허."

보름이 어이없다는 듯 혀를 차며 둘을 쳐다보았다.

"이래서 검은 머리 짐승은 받아주는 게 아닌데."

"그래서 저 방에 키우시는 영귀들도 다 식물 모양을 하고 있는 거예요?"

연화가 식물로 가득한 저쪽 방을 보며 물었다.

"당연하지."

"가장 처음에 들인 영귀는 뭐예요?"

그 질문에 보름이 머뭇거렸다.

"새."

대답한 건 보름이 아닌 산호였다.

"새요?"

"응. 그게 마을 당산나무에 깃든 악귀를 제령해달라는 의뢰를 받았을 때였나?"

그제야 보름도 입을 열었다.

"그래, 새. 자신이 사는 나무에 깃든 게 악귀라는 것도 모른 채 거기에 있었어. 악귀를 제령하고 나니 나무는 그대로 죽어버렸고 그래서 살 곳이 사라진 셈이었거든."

갈 곳이 없어진 건 작은 영귀뿐이었다.

보름에게 의뢰를 한 마을 사람들은 악귀가 사라졌다는 것에 만족하고 돌아갔고 보름과 산호는 받을 만큼의 돈을 받고 서울로 올라가면 그만이었다.

남은 건 그 작은 영귀 하나였다. 두면 그대로 죽는다는 걸 보름은 잘 알고 있었다. 당산나무에 깃든 악귀의 영향력 아래서 겨우 살고 있던 영귀였으니 아마 하루도 채 버티지 못할 거였다.

"생각해보면 그때 그냥 모른 척 갔어야 했는데. 그러질 못했지."

영귀의 모습이 땅에 떨어지고 나서도 어떻게든 다시 달로 올라가보려고 아득바득 구는 자신의 모습 같아서 그냥 둘 수가 없었다. 그래서 주웠다.

"아마 한 달도 못 살았던 것 같은데."

산호의 말에 보름이 고개를 끄덕였다.

"맞아."

그 한 달도 안 되는 시간 속에서 보름은 목숨을 가진 것의 무게를 느꼈다. 그건 너무나 가볍고 동시에 너무나 무거웠다.

혹시나 싶었다. 어떻게든 잘 보살피면 언젠가는 다시 힘을 되찾아 저 달까지 날아갈 수 있지 않을까 싶기도 했다. 그러나 그것의 날개는 허공을 가르지 못했다. 달에서 땅으로 떨어졌던 보름처럼 그대로 아래로 떨어지고 말았다.

죽음은 보름에게는 참으로 먼 것이었다.

월신으로 태어난 보름은 죽음에 대해 알 필요가 없었고 달에 있는 다른 것들 역시 죽음과는 멀었으니까. 달에서 겪는 자연스러운 소멸은 이러한 죽음과는 또 다른 일이었다.

죽음은 차가운 거구나.

더 이상 움직이지 않는 작은 영귀를 손에 올려두고, 보름은 그런 생각을 했다.

그건 땅에 내려온 자신이 배신을 당하고 묻혔던 차가운 호수와도 같았다. 그렇게 본다면 보름 자신도 이미 한 번 죽음을 경험한 건지도 몰랐다.

첫 번째 영귀를 그렇게 보내고 다시는 그런 일을 만들지 않으려 했다. 남아 있는 것에 신경을 쓰면 결국 상처받는 건 보름 스스로였다.

하지만 그냥 두고 볼 수 없는 것들이 생겼다. 꼭 보름을 시험하려는 것처럼.

넘어갈 수가 없었다. 거기에 자기 자신을 두고 오는 것만 같았으니까. 결국은 그렇게 또 다른 영귀들을 데려왔다. 다만 다음부터는 영귀의 모습을 풀이나 꽃으로 만들었다. 그 정도에 그쳤으면 좋았으련만.

자신의 곁에 인간까지 두는 날이 올 줄이야.

"그 이야기는 됐고. 엽전이나 던지지?"

"아! 예, 예."

연화가 다음 질문을 잡고 엽전을 던지는 것을 보았다.

그건 인간의 방식이었다.

신이 직접 인간의 일에 개입하는 건 그만큼 큰 리스크로 돌아왔다. 그래서 보름 역시 자신이 가진 권능을 함부로 사용할 수 없었다. 보름이 힘을 사용하는 건 적어도 같은 계(界) 내에 속해 있는 악귀나 귀를 상대할 때뿐이었다.

하지만 이제는 달랐다. 연화를 통해 보름이 가진 힘을 인간 세계에 사용할 수 있었다. 물론 연화의 방법은 본래 인간이 자신에게 실린 신과 소통하며 점을 보는 거였지만 보름은 직접 연화에게 실리지 않고 자신이 가진 기운만을 전달해주었다. 그러니 이제 그걸 온전히 이용하는 건 전부 연화의 몫이었다.

연화가 비단보 위에 펼쳐진 엽전을 읽어냈다.

"일단 강을 건너는 이남은 아닙니다."

"사대문을 기준으로 해서 서쪽인데 강을 건너지 않는다면 꽤 잘 좁힌 것 아니야? 파주 같은 곳을 포함한다 해도 얼마 남지 않았군."

산호의 말에 떨어진 엽전들의 모양새를 가만히 살피던 연화가 말을 이었다.

"서울 밖으로 나가지도 않습니다."

"그럼 남은 곳은……."

산호가 서울 지도를 살폈다.

"홍대로군."

그렇게 말한 건 보름이었다. 산호가 신기하다는 듯 물었다.

"홍대? 그걸 어떻게 알았어? 당신도 점을 볼 수 있는 줄은 몰랐는데."

"점을 내가 왜 봐. 기술을 써야지."

보름이 휴대폰 화면을 보여주었다.

거기엔 연화가 받아온 사진을 다시 찍어 이미지 검색한 결과가 떠 있었다. 사진에 찍힌 얼굴과 흡사한 얼굴이 찍힌 SNS 계정 사진이 검색 결과 상단에 있었다.

"얘, 맞지?"

연화가 얼른 가지고 있던 사진과 검색 결과를 비교했다.

"맞는 것 같네요."

"이런 식으로 일을 하는 신은 처음 봐."

산호의 말에 보름이 어깨를 으쓱였다.

"칭찬으로 들을게."

들어간 SNS 계정은 다행히도 공개 계정이었다. 보름이 손가락을 움직여 계정 안에 찍힌 사진들을 한번 살펴보았다.

"여긴 어디야?"

보름이 보여준 사진을 본 연화가 답했다.

"아, 본 적 있어요. 죽은 남편이 내연녀에게 사줬다는 집이로군요."

한강이 보이는 고급 맨션에서 찍은 사진은 그야말로 의도가 빤히 보였다. 나의 화려한 삶, 내가 가진 것들, 돈과 명예를 자랑하려는 사진들.

명품 숍에서 고른 주얼리들과 쌓인 선물 상자, 사람들과 모여 샴페인 파티를 하는 사진들. 드러낼수록 이 사람이 무엇을 가장 중요하게 여기는지, 무엇에 결핍이 있는지 확실히 느껴졌다.

"칠성파 사모가 찾아달라고 했던 그 사람, 맞아요. 확실합니다."

연화가 고개를 끄덕였다.

"사장이 죽은 날 이후로는 아무 게시물도 업데이트되지 않았군. 그날 바로 도망쳤다고 했었지?"

"네."

보름이 계속해서 게시물을 살폈다.

호텔 바를 배경으로 친구처럼 보이는 여자들과 함께 자신 있는 미소를 짓고 있는 사진을 가만히 들여다보았다.

"몇몇 사람들이 사진 안에 계속 등장해. 그리고 이곳도."

"그 호텔이 홍대에 있는 곳이네요. 지하에 큰 클럽을 가지고 있어서 호텔에 묵는 손님들 말고도 많은 사람들이 오가고요."

"사진에 함께 태그된 다른 사람들도 꽤 팔로워를 많이 보유한 계정들이야."

산호가 옆에서 자신의 휴대폰으로 찾은 내용을 공유했다.

"다른 사람 계정에도 클럽에서 열린 파티에 대한 언급이 있어."

다른 사람의 사진 속에도 그 여자가 보였다.

어깨동무를 한 채 커다랗게 웃고 있는 여자. 그 옆으로 내리는 반짝이는 꽃가루와 풍선, 배경에 보이는 비싸 보이는 술병과 술잔들.

보름이 여자의 목덜미에 그려진 뱀 모양 문신을 다시 한번 보았다. 옆에서 함께 사진을 보던 산호가 살짝 고개를 갸웃거렸다.

"왜?"

"저 여자가 한 문신, 어디서 본 적이 있는 것 같……."

"어디서?!"

보름의 날카로운 목소리에 산호의 말이 끊겼다.

"제대로 기억이 안 나. 하지만 최근에 어디서 본 것 같긴 해. 또 왜 그렇게 반응하는 건데? 무슨 일 있어?"

그제야 보름이 자신이 과하게 반응했다는 걸 알아차리곤 다시 자리에 앉았다.

"별거 아니야. 그냥 확인해볼 게 있어서. 나중에 생각나면 말해줘."

"또 무슨 일이길래."

보름의 성격을 잘 아는 산호는 더 캐물으려고 하지 않았다. 보름이 말했다.

"일단은 이곳에 한번 가보지."

"그렇지 않아도 오늘 그곳에서 행사가 하나 있다고 나옵니다."

연화가 호텔 계정을 보여주었다.

"좋아. 그럼 당장 준비해야겠군. 연화, 넌 어때? 너도 같이 들어갈래?"

보름의 물음에 연화가 손을 내저었다.

"저는 빼주세요. 그런 곳은 원래 잘 다니지도 않습니다. 신을 모시는 이로서 몸과 마음을 정결히 해야 하거든요."

산호가 옆에서 웃었다.

"막상 그 신은 성질머리가 이렇게 안 좋은데 말이지."

"그런 식으로 계속 그 성질머리 긁어봐. 내가 어떻게 나오는지."

"이러니까 무서워서 살 수가 있나."

보름과 산호의 대화에 연화가 가만히 미소 지었다.

"너는 왜 웃어?"

뚱한 목소리로 보름이 물었다. 연화가 고개를 내저으며 얼른 대답했다.

"별다른 의미는 아니에요! 어찌 됐건 두 분은 참 친하신 것 같아서요. 이런 말을 서슴없이 할 수 있는 걸 보면……."

"아닌데."

"아니다."

둘이 동시에 대답했다. 그러자 보름이 먼저 산호를 노려보며 말했다.

"야, 호랑이. 네가 뭔데 아니라고 해?"

"아니라고 먼저 대답한 건 당신이야. 그럼 우리가 친하다고 내가 인정해주길 바랐어?"

"누가 인정해주길 바랐대? 그렇게 당당하게 아니라고 할 줄 몰랐다는 거지."

연화가 둘 사이로 끼어들었다. 이대로 두면 한참을 티격태격할 게 뻔했다.

"됐습니다. 두 분 다 서로 안 친한 걸로 하시죠. 오늘 일은 나가셔야 할 것 아닙니까."

그 말에 둘 다 겨우 입을 다물었다.

"그럼 다녀오시지요. 더 싸우지는 마시고요."

연화의 걱정에 자리에서 일어난 보름이 혀를 찼다.

"저 녀석이 내 심기만 건드리지 않으면 내가 먼저 화를 내진 않거든?"

산호가 어깨를 으쓱였다.

"아무튼, 그럼 다녀올게. 혹시 다른 의뢰가 들어오면 일단 받아만 놓고 있어. 내가 와서 판단할 테니까."

"네."

연화가 둘을 배웅했다.

문이 닫히는 소리가 났다. 둘이 떠나자마자 집 안이 적막으로 가득 찼다. 연화가 몸을 돌려 집을 한번 살펴보았다.

보름을 신으로 받은 후, 자연스럽게 연화는 보름의 집에서 함께 살게 되었다. 남는 방이 있어 다행이었다. 살아 있는 신을 모시는 건 처음이라 어떻게 해야 할지 몰랐지만 곧 연화는 보름만의 방식에 적응해갔다.

다른 신들을 모실 때 그랬던 것처럼 연화는 방 안에 작은 상을 하나 두고 보름이 좋아하는 간식들로 채웠다. 보름은 이게 대체 뭐냐고 했지만 은근히 마음에 든 모양이었다. 괜히 일도 없는데 연화의 방에 들어와서 과자 하나씩 가져가는 게 이젠 일상이 되었다.

연화가 사진 한 장을 달라고 했을 때도 비슷했다. 신당에는 모시는 신을 담은 그림을 걸어놓기 마련이었다. 보름의 초상화를 그리는 것도 생각해보았지만 일이 커질 것 같아서 그림 대신 보름의 사진이나 걸어두기로 마음먹었다.

'사진?'

'포스터처럼 뽑아서 방에 붙여두려고요. 그림 대신으로요.'

그 이야기를 듣던 산호가 옆에서 엄청나게 웃었다.

'아, 물론 그게 맞긴 한데……. 이제 탱화 대신 사진 포스터를 붙여놓는다고 생각하니 너무 웃겨서 말이야.'

하지만 연화는 진지했다.

'보름 님은 자리를 비울 때가 많잖아요. 기도를 드릴 때 보면 좋을 것 같아서.'

그 대답에 보름도 사진을 주지 않을 수가 없었다. 그렇게 받아놓은 사진을 뽑아 방 안에 붙여두었다. 신당을 닦듯 함께 사는 집을 쓸고 닦는 것도 연화가 스스로 나서 하는 일이었다.

딩동.

현관문 벨 소리에 연화가 고개를 들었다.

"보름 님이 택배를 시키셨나?"

문을 열던 연화의 몸이 그대로 굳어버렸다.

"······미화야."

문 앞에 서 있는 건 동생인 미화였다.

"언니."

"네가 어떻게 여기에······."

"내가 언니를 찾으려고 보름 님에게 부탁을 드렸잖아."

"아."

잊어버리고 있었다. 처음에 어쩌다 보름과 만나게 된 건지.

"일단 들어와서 이야기하자."

미화가 집 안을 한번 둘러보았다.

"여기 앉아."

익숙하게 자리를 권한 연화가 얼른 부엌으로 들어가 냉차를 내왔다. 냉차를 가만히 들고 있던 미화가 입을 열었다.

"정말 언니네. 다시 돌아왔네. 이거, 언니가 여름마다 만들어서 냉장고에 넣어놨던 거잖아."

"미안해."

연화의 사과에 미화가 고개를 저었다.

"아니야. 나도 언니가 어떻게 살고 있는지 제대로 들여다보지 못했었으니까. 언니가, 그렇게 완전히 다른 사람처럼 되었을 땐 놀랐지만······."

"이제는 그럴 일 없을 거야."

연화가 단호하게 대답했다.

"다행이야. 그럼 이제는 여기서 사는 거야?"

"응. 그렇게 됐어. 아마⋯⋯ 일도 예전과 같은 일을 할 테지만 이상하게 변하는 일은 없을 거야. 네가 보름 님께 드렸던 돈은 내가 갚을 테니 걱정하지 말고."

"괜찮아. 그 돈은 다시 돌려받았거든."

"돌려주셨다고?"

"응. 의뢰는 언니를 나에게 보내주는 것까지였거든. 그런데 보내주지 못하겠다면서 의뢰를 마치지 못했으니 돈을 다시 돌려주셨어."

미화가 천천히 집을 살폈다. 그리고 마지막으로 연화의 얼굴도.

둘의 시선이 마주쳤다. 눈동자 깊숙한 곳까지도 읽어낼 기세로 뚫어져라 연화를 쳐다본 미화가 가만히 입을 열었다.

"이제 이곳이 언니의 집이네."

집.

그 말이 순간 연화의 귀에 꽂혔다.

"⋯⋯맞지. 그렇네."

결국 이곳은 그렇게 연화에게 새로운 신당이자 집이 되어갔다. 보름과 산호의 흔적만이 있던 이곳엔 이제 연화의 흔적이 하나씩 늘어갔다.

"언니 잘 있는 걸 보니 됐어. 그거 확인하려고 온 거야."

냉차를 쭉 들이켠 미화가 자리에서 일어났다.

"벌써 가게?"

"나도 회사에서 근처에 외근 나온 김에 잠깐 들린 거야. 지금이 아니면 어쩐지 언니랑 영영 멀어질 것만 같아서."

"다음에 한번 찾아갈게. 정말 고마워."

그건 여러 가지 의미를 가진 말이었다. 이렇게 다시 잊지 않고 찾아준 것에 대한 고마움, 자신을 신경써준 것에 대한 고마움, 그리고……

마지막으로 자신의 신을 보내준 것에 대한 고마움.

그 말에 미화가 웃었다.

"언니, 약속 꼭 지켜."

●

보름이 호텔 입구를 한번 올려다보았다.

"여기 맞지?"

"맞아."

이른 시간이었는데도 클럽으로 들어가는 사람들이 꽤 있었다. 안으로 들어가자 화려하게 꾸민 사람들로 가득했다.

"일단 한번 쭉 돌아봐야겠지. 그 여자를 바로 찾으면 좋고 아니면 그 여자와 사진에 같이 찍혔던 사람들이라도 찾아 정보를 캐는 거야."

"알겠어. 흩어져서 찾아?"

"응. 누구라도 찾으면 바로 연락해."

산호가 가볍게 고개를 끄덕이고는 다른 쪽으로 향했다. 사람들 사이로 사라지는 산호의 뒷모습을 보름이 흘깃 쳐다보았다.

"친해 보인다고."

연화가 했던 말을 보름이 작게 되풀이했다.

처음 산호와 만났을 때가 떠올랐다. 자신의 신을 찾아달라며 엎드려 부탁하던 그의 눈. 그 황금빛 눈에 차 있던 감정들.

가끔, 아주 가끔 인간들 중에선 저런 눈을 지닌 자들이 있었다. 그건 짧은 생을 사는 자들의 특권이었다. 차갑고 비정한 세상의 짧은 부분만을 느낄 수 있는 필멸자들이 제 생보다 더 짧은 찰나의 동안만 가질 수 있는 눈.

그런데 산호의 눈이 그랬다.

인간이 아닌 존재로 불멸에 가까운 길고 긴 시간을 견뎌냈어야 했을 텐데도 산호의 눈은 찰나의 감정들로 가득 차 있었다.

믿음과 기도와 사랑에 가까운 무언가······.

그 모든 게 섞여서 샴페인 거품처럼 떠다니는 눈동자라니.

보름은 믿을 수 없었다. 그래서 더 궁금했다. 그런 눈동자를 지닌 존재는 어떻게 살아남는지 보고 싶었다. 그런 이유 때문에 산호의 부탁을 들어주었다.

"결국 내가 선택한 거긴 하지."

입맛이 썼다.

결국 책임져야 하는 건 보름이었으니까. 저 호랑이 녀석이야 아무 생각도 하고 있지 않을 거였지만.

산호의 말에 따르면 그의 산신은 누군가에게 강제로 소멸당했다. 태고 산신을 소멸시킬 정도의 존재라면 범인 역시 신에 필적하는 힘을 가지고 있는 자라는 이야기였다.

거기서부터는 이제 신들의 싸움이었다. 산군 같은 건 끼어들 자리도 없었다. 만약 범인이 누군지 알아낸다 해도 산호가 이기기는 어려웠다.

아니, 어려운 정도가 아니라 가능성이라고는 전혀 없는 상태였다. 그런데도 산호는 희망을 잃지 않았다.

그 맹목적인 믿음.

어쩌면 보름은 부러웠는지도 몰랐다. 누군가를 그렇게 믿고 또 그런 믿음을 줄 수 있다는 것이.

"뭐 하는 거야."

보름이 고개를 내저었다.

지금 집중해야 할 건 따로 있었다. 예전 생각을 해봤자 아무런 도움이 되지 못했다. 보름이 클럽 안쪽으로 들어갔다.

"오늘도 '선발'을 하는 건가요?"

보름의 귀에 누군가의 목소리가 들렸다. 바에 주문을 하면서 보름이 그쪽으로 귀를 열었다. 오늘 이곳에서 뭔가 있다면 미리 알아두는 게 좋았으니까.

"아마 그럴 가능성이 높아. 이렇게 보통 사람들을 대상으로 열리는 파티에선 대부분 '선발'이 이루어지니까."

"이번에는 저도…… 선발될 수 있을까요?"

그렇게 말하는 이의 목소리는 기대감에 들떠 있었다.

'선발이라.'

보름이 나온 술잔에 입을 대며 그들의 이야기를 좀 더 들었다.

"저번에는 '밤바다 위에 뜬 달이 무슨 색깔이냐'고 묻더라고요. 그 질문에 몇몇 사람들이 바닥으로 쓰러졌고 남자들이 쓰러진 여자들을 데려갔어요. 선발됐다고."

쨍그랑!

순간, 보름이 들고 있던 술잔이 바닥으로 떨어졌다.

옆에서 이야기를 하고 있던 여자들이 놀라서 보름을 향해 고개를 돌렸다. 보름이 얼른 사과를 했다.

"아, 죄송합니다."

보름이 바텐더에게도 고개를 숙였다. 바텐더는 괜찮다며 깨진 잔을 치웠지만 옆에서 이야기하던 여자들은 자리를 옮긴 후였다.

"밤바다 위에 뜬 달의 색깔……."

좋지 않은 직감이 온몸을 휘감았다.

"응?"

뭔가 이상했다. 보름이 고개를 들었다.

고요했다.

이렇게 많은 사람들이 있는 클럽 안이 고요할 수 있을까? 하지만 이 안에 있는 모든 사람이 전부 입을 다문 채 어딘가 한곳을 보고 있었다. 그 모양새가 너무나 부자연스러워 보였다.

뎅—

그리고 종소리가 들렸다. 클럽 안에 있던 이들이 일사불란하게 움직였다. 손에 들고 있던 잔을 놓은 채 사람들이 클럽 안 가장 넓은 곳으로 모였다. 서로의 손을 잡고 둥글게 서는 모습.

움직이는 사람들의 얼굴이 텅 비어 있었다. 마치 무언가에 조종이라도 받는 것처럼.

주변을 살피던 보름도 자리에서 일어났다. 그러곤 다른 사람들과 비슷하게 움직였다. 이곳에서 뭔가 일어나는 건 확실했다. 그걸 알아내려면 눈에 띄지 않고 묻어가는 게 중요했다.

쏴아아 쏴아아—

어디선가 파도 소리가 들렸다.

사람들이 그 소리에 맞춰 몸을 흔들흔들 움직이기 시작했다. 보름도 똑같이 움직였다.

파도가 여러분의 몸을 적십니다.

어디선가 목소리가 들렸다.

몸을 움직이던 사람들의 눈동자가 커졌다. 파도 소리에 맞춰 몸을 움직이는 사람들이 풀린 눈동자로 아무것도 없는 천장을 향해 커다란 미소를 짓기 시작했다.

번쩍이는 불빛 사이로 물방울들이 떨어져 내렸다.

클럽 안에 내리는 이슬비.

"달의 비다!"

누군가 소리쳤다. 그러자 사람들이 비가 떨어지는 천장을 향해 손을 뻗었다.

수많은 새하얀 손이 한꺼번에 움직였다. 그 광경이 마치 지옥에서 구원을 바라는 악귀들의 모습 같았다.

"저에게 주세요!"

"접니다, 저예요!"

위에서 흩뿌려지는 비를 한 방울이라도 더 맞으려고 사람들이 서로를 밀쳐댔다.

바다에는 비가 내립니다. 내립니다. 내립니다.

그 위에 퍼지는 목소리. 목소리를 따라 사람들이 똑같이 외쳤다.

"내립니다, 내립니다!"

그러더니 사람들이 서로의 손을 잡기 시작했다. 보름의 손도 누군가 꽉 움켜쥐었다.

"잠깐……."

잡힌 손을 빼내려고 했지만 상대방은 힘을 풀지 않았다.

그분께서는 이 바다에 오십니다.

"오십니다, 오십니다!"

커다란 목소리.

보름의 손을 꽉 휘어잡은 여자의 동공은 커다랗게 확장되어 있었다. 그 얼굴, 그 눈동자. 잡은 손이 바르르 떨렸다.

환희, 기쁨.

무대를 중심으로 둥글게 손을 잡은 여자들은 모두 같은 표정이었다. 확실히 평범한 상황은 아니었다.

'이건…….'

일종의 트랜스 상태였다.

종과 파도 소리를 통해 안에 있는 사람들의 정신을 빼놓고 환각을 보게 만드는 듯했다.

이렇게 단숨에 많은 사람들을 환각 상태에 빠지게 만드는 건 웬만해서는 하기 힘든 일이었다. 계속해서 이어지는 말소리에 옆에 있던 다른 이들도 하나씩 고개를 꺾고 환희에 물들어갔다.

화려하게 옷을 차려입은 사람들이 단체로 왔다 갔다 움직이며 똑같은 표정을 짓고 있는 광경은 소름이 돋을 정도로 기묘했다. 그 위를 비추는 번쩍이는 클럽의 불빛.

"첫날의 아침, 우리는 새로운 몸을 입고……."

여자들이 한꺼번에 입을 벌렸다.

그들의 목구멍에서 흘러나오는 똑같은 말. 단조로운 음이 이곳에 있는 모든 이들을 지배한 채 움직이는 것만 같았다.

색색으로 치장한 얼굴, 이쪽저쪽으로 움직이는 불빛을 따라 번쩍거리는 휘황찬란한 옷과 장신구들. 여자들이 손을 잡은 채 빙빙 돌기 시작했다.

가지각색의 얼굴들이 똑같은 표정을 짓고 똑같은 노래를 불렀다.

보름은 밖으로 나가려고 했다. 하지만 어딜 보아도 빠져나갈 구멍이 없었다. 앞도 뒤도 전부 꽉 찬 채, 사람들이 똑같은 노래를 부르며 밀어붙이고 있었으니까.

"첫날의 밤, 저들의 피로 땅을 적시고……."

여자들의 목소리가 계속해서 이어졌고 순간 보름의 팔다리에서 힘이 빠졌다.

"첫날의 달이 뜨면 우리는 노래를 부르리, 그것은 승리의 노래."

여자들의 목소리가 실타래처럼 엉켰다.

혼자서 부를 때는 한 가닥의 실처럼 아무 힘도 쓰지 못했을 노래가 이곳에 모인 다른 이들의 목소리와 합쳐지자 누구도 끊지 못할 힘을 가졌다.

힘이 빠진 보름의 몸이 아래로 떨어졌다.

"우리의 노래는 잘 벼려진 화살이 되어 먼 달을 향해 날아갈지니."

머릿속이 어지러웠다. 지금 자신이 보는 게 무엇인지 알 수 없었다.

꺾인 고개 뒤로 뜨는 건, 둥근 달. 아니, 둥근 조명.

높은 천장에 달린 조명이 사이키델릭한 움직임을 만들어냈다. 그 아래를 빙글빙글 도는 사람들.

'이런.'

그제야 보름은 왜 자신이 여기까지 손쉽게 올 수 있었는지 깨달았다.

이건 함정이었다.

산호가 다급히 전화를 걸었다.

―무슨 일입니까?!

뭐라 말도 하지 않았는데 연화는 기다리고 있었다는 듯 다급히 물었다.

"보름이, 보름이 사라졌어."

―뭐라고요?!

"클럽 안에서 각자 그 여자를 찾아보자고 했는데 돌아다니다 보니 어느 순간 나는 다른 쪽 방으로 가 있었고 보름이 있는 곳으로 되돌아갈 수가 없었어. 방향 감각이 사라진 것 같았지."

―전화도 안 되는 겁니까?

"안 받아. 무슨 일이 생긴 게 확실해. 일단은 어떻게든 안으로 들어가……."

그때 산호의 눈에 뭔가 보였다.

호텔 주차장을 빠져나가는 차량들. 줄지어 밖으로 나가는 차들은 전부 같은 차종이었다. 그리고 차의 뒤에 붙은 엠블럼.

"저건."

그 여자의 SNS 계정에 있던 모양이었다. 매듭을 지은 뱀.

만약에 보름이 있다면 저 차를 쫓을 게 분명했다. 혹은 지금 저 차 안에 타 있거나.

"목표 대상을 발견했어. 쫓겠다. 무슨 일이 생기면 바로 연락할 테니 기다려."

거기까지 말한 산호가 바로 전화를 끊고는 주차해놓은 오토바이에 올라탔다. 그건 보름의 것이었다. 평소라면 산호가 자신의 오토바이에 타는 걸 허락도 하지 않을 게 분명했지만 상황이 상황이니만큼 지금은 어쩔 수 없었다.

부우웅!

커다란 소리와 함께 산호가 탄 오토바이가 차 뒤를 쫓았다.

●

찌릿거리는 아픔이 머리 뒤에서부터 느껴졌다.

보름이 천천히 눈을 떴다. 하지만 아무것도 보이지 않았다. 눈을 감았다가 다시 떠보았지만 바뀌는 건 없었다. 손을 들어 눈을 비비려고 했지만 곧 손이 뒤로 결박되어 있다는 것을 알아챘다.

좀 더 정신이 돌아오자 보름은 자신이 온몸을 묶인 채, 상자 같은 것에 실려 어디론가 가고 있다는 걸 깨달았다.

"……원한 어둠이 오면 우리는 약속된 상을 받으리니."

누군가 중얼거리는 소리가 상자 밖에서 낮게 들렸다.

소리를 치려고 했지만 막힌 입에서는 작은 신음 소리밖에 나오지 못했다.

보름이 정신을 잃기 전 마지막으로 보았던 장면을 떠올렸다. 조명이 돌아가는 화려한 클럽, 손을 꼭 잡은 다른 여자들, 모두가 함께 부르던 똑같은 노래.

'주문이었어.'

주문의 힘을 강하게 만드는 것에는 여러 가지 요인들이 있었다.

그중 하나가 바로 많은 사람들이 같은 주문을 외우는 것이었다. 둥글게 선 사람들, 그들이 부르던 똑같은 노래.

그것 자체가 주문을 강하게 만드는 거대한 증폭 기제였다. 그만큼 오래된 방법이기도 했다.

'도대체 누가 그걸 알고 사용한 건지……'

아무튼, 일이 커졌다.

여자를 찾아 문신의 의미에 대해서 물어보기만 한다는 게 이런 곳에 끌려오기까지 했다. 생각보다 큰 집단이 뒤에 있는 것 같았다.

클럽 안에서 본 비정상적인 분위기를 보아하니 마약 같은 걸 물에 섞어 환각을 보게 만든 후 사람들을 데려가 인신매매를 하는 집단일 수도 있었다. 연화가 의뢰한 여자도 결국 조폭 집단에 들어와 작은 사모의 자리까지 차지한 신분 모를 여자라는 걸 생각하면 충분히 있을 수 있는 일이었다.

'그럼 이제 어떡할까.'

클럽 안에서 들었던 '선발'의 과정이 이거라면 오히려 지금이 기회일 수 있었다. 집단의 중심에 좀 더 가까이 다가간 셈이니 더 빠르게 여자의 신원을 파악할 수 있을지도 몰랐다.

'일단은 지켜보는 게 낫겠군.'

거기까지 생각한 보름이 상자 바깥에서 들려오는 소리에 귀를 기울였다.

움직이는 사람들의 발걸음 소리 사이로 들리는 건, 바람에 스치는 잎사귀 소리. 저 멀리서 풀벌레 소리도 들렸다.

도시는 아니었다. 대체 얼마나 멀리 온 걸까?

걱정되는 건 없었다. 인간은 인간일 뿐, 신과는 전혀 다른 존재였으니까. 물론 지금의 몸에 상처가 나면 귀찮아지긴 했지만 보름 자체에 영향이 있는 일은 아니었다.

'산호는……'

만약 생각이 있다면 그 역시 개별 행동에 들어갔을 것이다.

그때 움직임이 멈췄다. 낯선 남자의 목소리가 들렸다.

"오늘 선발된 애들은 전부 이쪽으로 모아."

"네."

역시 이것은 보름이 생각한 대로 '선발'의 과정이었다. 보름이 실려 있는 상자가 앞으로 밀려났다. '애들'이라고 하는 걸 보면 적어도 여기에 보름 말고 다른 이들도 같이 있는 게 분명했다.

"지금 당장 쓸 건 저쪽으로 빼놓고."

상자들이 이리저리 끌리는 소리가 났다. 보름은 숨을 죽인 채 상자 안에서 사람들의 이야기를 들었다.

"곧 식이 진행되는 건가요?"

"그래. 넌 처음으로 보는 건가?"

"네."

"행운이로군. 보면 알게 될 거다. 우리 '달과 뱀'이 얼마나 큰 힘을 가지고 있는 진짜인지."

그 말을 끝으로 사람들이 나가는 소리가 들렸다.

문이 닫히는 무거운 소리.

정적.

보름이 천천히 몸을 움직였다. 몸을 이리저리 뒤튼 끝에 손에 묶여 있는 밧줄을 풀었다. 입에 물려 있던 재갈, 그리고 상자인 줄 알았던 궤짝까지 천천히 열었다.

"후."

궤짝에서 몸을 일으킨 보름이 길게 숨을 내쉬었다.

눈을 들어 사방을 둘러본 순간 보름의 말문이 막혔다.

"이게 대체……."

수십 개의 궤짝들이 커다란 방 안에 가득 채워져 있었다. 사람 하나가 딱 들어갈 정도의 궤짝들은 철제 수납장에 하나씩 보관되어 있었다.

이곳은 거대한 안치실이었다.

자리에서 일어난 보름이 수납장을 살폈다. 궤짝 안에는 상상했던 것처럼 '선발'된 여자들이 전부 자는 것처럼 누워 있었다.

"일어나!"

자고 있는 여자들을 흔들었지만 아무런 미동도 없었다.

수많은 여자가 고요한 얼굴로 똑같이 누워 있는 모습은 아무리 보름이라고 해도 소름 끼쳤다. 게다가 누워 있는 여자들의 상태는 전부 완벽했다. 누군가 잘 관리한 것처럼 피부도 반질반질 빛났고 머리카락도 곱게 빗겨져 있었다.

그 모습에는 일종의 광기가 느껴졌다.

"대체 뭐야."

도대체 누가 여기에 이 여자들을 데리고 왔는지 모르지만 단단히 미친 게 틀림없었다.

그리고 이곳에 미리 와 있던 여자들이 누워 있는 궤짝은 보름이 있던 것과는 달랐다. 그들의 궤짝은 고급스러운 나무로 만들어져 있었고 안에는 비단과 얇은 종이가 깔려 있었다.

그건 마치 치장된 관처럼 보였다.

뎅—

그때 들려온 익숙한 소리.

클럽 안에서 들었던 종소리와 똑같았다. 보름이 조용히 움직였다. 아까 들었던 이야기에 따르면 곧 어떤 의식이 거행될 예정이었다.

둥, 둥, 둥, 둥.

저 멀리서 누군가 북을 쳤다.

북은 고대의 악기였다. 죽은 동물의 껍질을 벗겨 공기를 울리는 소리는 인간이 만들어낸 아주 오래된 소리였다. 심장 박동과 똑같은 박자로 치는 그 소리가 저 멀리서부터 천천히 가까워지고 있었다.

이것은 의식이다.

그것도 아주 오래된 의식.

도시에 사는 현대인들은 잊어버린 의식이 지금 이 자리에 다시 한번 되풀이되고 있었다.

이어서 불의 냄새가 났다.

의식에는 불이 필요했다. 불은 모든 것을 정결하게 만드는 도구이며 동시에 그들이 모시는 신에게 제물을 바칠 수 있는 유일한 수단이었으니까.

안치실의 높은 창문으로 일렁이는 불의 그림자가 비쳤다. 보름이 얼른 문을 슬쩍 밀었다. 여기까지 데려온 여자들이 깨어날 수 있을 거라곤 생각하지 않았는지 문은 잠겨 있지 않았다.

밖은 어두웠다. 그래서 길 건너편으로 사람들이 횃불을 든 채 천천히 움직이는 게 훨씬 잘 보였다. 그 뒤로는 어두운 밤의 산이 펼쳐져 있었다.

인공적인 빛이 하나도 없는 진짜 어둠은 생각하는 것보다 훨씬 더 짙은 농도를 지니고 있다. 손을 내밀면 끈적끈적한 어둠이 뚝뚝 묻어나올 것만 같은 밤을 헤치고 사람들은 뭔가를

산그림자

중얼거리며 횃불을 든 채 어디론가 굽이굽이 나아갔다. 그 모습이 마치 불꽃으로 만들어진 뱀처럼 보였다.

그들이 향하는 길 끝에는 뭔가가 있었다. 보름이 눈을 살짝 찌푸리고 그쪽을 바라보았다. 일렁이는 불꽃에 길 위에 세워진 무언가가 보였다.

"저건……."

붉게 칠한 나무로 만든 기둥 문. 도리이.

그게 한국에도 있을 줄은 몰랐다.

횃불을 든 사람들은 도리이를 지나 숲속으로 들어섰다. 보름이 어둠을 틈타 그들 뒤를 쫓았다. 이곳에 자신들을 제외한 다른 이가 있다는 생각은 하지 않을 테니 쫓는 건 문제도 아니었다.

어둠 속에서도 사람들은 산길을 잘도 걸었다. 몇 번이나 다녀서 익숙한 것처럼 보이기도 했다.

둥! 둥! 둥!

북소리가 가까워졌다. 마지막 굽이를 돌자 확 시야가 트였다.

서 있던 사람들이 들고 있던 횃불을 중앙에 자리한 거대한 화로 안에 던져 넣었다. 불꽃이 방금 전과는 비교할 수 없을 정도로 커다랗게 차올랐다.

활활 타오르는 불꽃이 화로 뒤에 있는 거대한 그림에 빛을 드리웠다.

뻥 뚫린 공터에 걸린 그림은 몇 장의 천을 이어 만든 것으로 사람 대여섯은 너끈히 세운 크기였다.

그리고 그 화폭을 가득히 채우고 있는 그림은……

"……요사귀."

보름의 입에서 그 단어가 흘러나왔다.

검게 물들인 천에는 금빛 물감으로 용과 뱀의 중간, 그 어딘가에 있는 생물의 모습이 꽉 차게 그려져 있었다.

사람들이 거대한 요사귀의 그림을 향해 연거푸 고개를 숙였다.

뒤에 선 자들이 들고 온 무언가를 그림 앞에 내려놓았다. 그건 방 안에서 본 나무 궤짝이었다.

궤짝을 열자 새하얀 옷을 입힌 여자들이 누워 있었다.

반듯한 자세, 옅은 미소를 띤 얼굴, 누워 있는 그들의 가슴팍에 놓여 있는 화살 모양의 장식물.

후우—

어디선가 바람이 불어왔다.

사람들이 전부 그림을 향해 무릎을 꿇고 이마를 땅에 댔다. 그리고 들리는 소리.

쏴아아, 쏴아아…….

클럽 안에서도 들었던 파도 소리였다.

이곳은 산이었다. 파도 소리가 들릴 리가 없었다. 하지만 분명히 이건 파도 소리였다. 깊고 거친 바다에서 나는 소리.

철벅!

검은 화폭 안에 그려져 있는 요사귀의 꼬리가 움직였다. 그림에서 물방울이 튀었다. 그 물방울들은 아래 누워 있는 여자들에게 향했다.

툭.

물방울을 맞은 여자들이 천천히 눈을 떴다. 그들의 눈은 텅 비어 있었지만 얼굴엔 미소가 가득했다.

일어난 여자들이 거대한 그림을 향해 섰다.

번쩍!

벼락이 쳤었나? 아니면 보름은 자신이 눈을 감았다가 뜬 건지도 모른다고 생각했다. 중요한 건 서 있던 여자들 중 하나가 사라졌다는 점이었다.

"어디로……."

그때 하얀 옷을 입은 다른 여자도 풀썩 쓰러졌다.

그제야 뒤편으로 그림자 하나가 보였다. 번쩍이는 벼락 사이로 나타난 여자가 하얀 옷을 입은 여자의 목을 물어뜯었다.

보름은 새로 나타난 여자의 얼굴을 알아보았다.

"내연녀."

사진 속에서, SNS 계정에서 봤던 그 얼굴.

하얀 목덜미에는 보름이 찾던 뱀 모양 문신이 확실히 그려져 있었다.

내연녀가 목이 뜯긴 여자를 땅바닥으로 버리곤 또 다른 여자를 향해 다가갔다. 이걸로 여자들이 왜 잡혀 왔는지 분명해졌다.

저들은 제물이다.

살아 있는 인간 제물.

내연녀는 자신 앞에 서 있는 제물들을 차례로 먹어치웠다. 바닥에 머리를 댄 나머지 사람들은 감히 고개를 들 생각도 하지 못한 채 주문을 외우며 바들바들 떨었다. 개중 몇은 손을 모으고 빌었다. 신에게 하는 것처럼.

저들은 자신들이 무엇을 하고 있는지 몰랐다.

저 내연녀의 정체가 정확히 뭔지는 모르지만 인간 제물을 받아먹는 신은 어디에도 없었다.

"악귀를 빼면 말이지."

여기서 뭘 해야 할지 확실해진 보름이 손을 아래로 뻗었다. 그러자 그 손에 일렁이는 검은 기운이 모이더니 검은 야구 배트 형태로 변했다.

숨을 한 번 들이마신 보름이 땅을 박차고 바로 내연녀를 향해 뛰쳐나갔다.

쾅!

커다란 소리와 함께 보름이 배트를 휘둘렀고 힘의 장력에 자리에 있던 사람들이 전부 나가떨어졌다.

"으악!"

사람들의 비명 소리가 들렸다. 보름은 신경 쓰지 않았다. 지금 자신이 신경 써야 할 것은 인간을 먹어치우는 눈앞의 악귀였다. 내연녀가 보름을 쳐다보았다.

"넌 누구지?"

"그래. 우리 통성명이나 좀 할까? 나도 네가 누군지 좀 궁금하거든."

보름의 말에 여자가 눈썹을 까딱이며 중얼댔다.

"이 근방에 신이 남아 있을 리가 없는데."

보름은 그 말을 놓치지 않았다.

"그걸 네가 어떻게 알지? 하나씩 방문해서 확인이라도 해봤어? 아니면…… 남지 않게 만든 게 너니?"

그 말에 내연녀가 입술을 위로 말아 올리며 웃었다.

얇은 입술 사이로 날카로운 이빨이 보였다. 내연녀의 눈동자가 붉게 달아올랐다.

"그래."

여자가 웃으면서 대답했다.

"그들이 나를 이렇게 키워주었지."

"키워주었다고?"

"내 먹이가 됐으니까. 그들이 아니었다면 내가 이렇게까지 자라지도 못했겠지. 더는 먹을 것도 없다고 생각했는데."

여자가 살살 웃으며 보름을 훑어보았다.

"그런데 이런 좋은 먹잇감이 스스로 찾아올 줄은 몰랐네."

"신들을 먹어치우고 먹을 게 없어서 인간들을 먹고 있었던 거야?"

"이거라도 먹어야지 별수 있겠어?"

"그동안 잘 먹어두고 있었다니 다행이네."

"뭐라고?"

여자가 날카롭게 물었다.

이번엔 보름이 웃을 차례였다.

"저 그림 속에 그려진 거 뭔지 알아?"

그림 속 요사귀를 가리켰다. 여자가 힐긋 그걸 바라보았.

그 순간을 놓치지 않고 보름이 여자의 머리를 향해 배트를 휘둘렀다.

"내가 먹은 녀석이다!"

깡!

허공에 걸린 배트가 날카로운 소리를 내며 튕겨져 나갔다. 배트를 잡고 있던 보름 역시 함께 뒤로 밀렸다. 여자가 보름을 보며 웃었다.

"어머, 그런 식으로 공격하면 너무 비겁하지 않아? 신이 그래도 돼?"

그제야 여자의 주변으로 얇은 줄이 드리워진 게 보였다. 거미줄처럼 투명하고 가느다란 줄에는 시퍼렇게 날이 서 있었다. 그 줄에 담긴 힘이 보름의 배트를 막아낸 모양이었다.

'이럴 수가.'

보름의 얼굴에 스쳐 지나간 경악을 여자도 본 모양이었다.

"왜? 내가 이 정도는 아닐 줄 알았어?"

여자가 자신의 손에서 뿜어져 나온 투명한 줄을 한 번 튕겼다.

"아깝네. 조금만 더 가까이 왔어도 그대로 동강이 났을 텐데."

보름이 천천히 여자를 보며 입을 열었다.

"그래. 널 얕잡아 봤다는 건 인정하지. 그동안 신들을 먹어치웠다면 이 정도 힘은 가지고 있을 거라 생각했어야 하는데."

"보아하니 너도 누군가를 먹어가면서 겨우겨우 살아남은 모양이지?"

그러니까 이건 포식자 대 포식자의 싸움이었다.

"목에 있는 뱀 모양 문신. 어디서 한 거지?"

보름의 질문에 여자가 고개를 갸웃거렸다.

"이런 걸 궁금해 한다고?"

"그냥 예뻐 보여서. 어디서 시술받았는지 궁금하네?"

여자가 깔깔 웃었다.

"신들은 전부 딱딱하고 재미없는 줄 알았는데."

"난 이쪽 애들이랑은 좀 다르거든."

"그건 넌 다른 쪽에서 왔다는 말?"

보름은 대답하지 않았다. 생각보다 똑똑했다. 도대체 누가 어디서 저런 괴물을 만들어냈는지 몰랐다.

"이쪽이 아니라면 답은 몇 개 없는데. 천계 아니면 명계."

그때 여자의 눈이 반짝였다.

"설마."

배트를 든 보름이 여자의 주변으로 퍼져 있는 줄들의 위치를 확인했다. 이번에는 방심하지 않겠다는 얼굴이었다.

"너, 하늘에서 왔구나."

하지만 여자의 말에 반응할 수밖에 없었다. 보름의 표정을 본 여자가 낄낄대며 웃었다.

"그래, 그래. 신의 격을 가지고 있으나 이렇게 불완전한 존재가 또 있을 리가 없지."

여자의 얼굴엔 비웃음이 떠 있었다.

"달에서 떨어진 신이 있다는 이야기는 들었는데 그게 정말일 줄이야."

"그걸 누가 말했지?!"

보름이 사나운 목소리로 물었다.

"그렇다면 오히려 잘된 일이지. 불완전하다고는 하나 결국 너 역시 신의 격을 가지고 있는 존재. 그런 너를 먹을 수만 있다면 나야말로 완전한 힘을 얻게 될 수 있는 거잖아."

"어디서 그런 소리를 들었냐고 물었어!"

휘두른 보름의 배트가 이번엔 여자의 가느다란 줄을 그대로 끊어버렸다. 그리고 이번엔 놓치지 않겠다는 듯 여자를 노렸다.

여자의 눈동자에 보름의 모습이 담겼다.

그 순간, 여자의 입술이 위로 호선을 그리며 올라갔다.

"보아라, 너의 과거를."

그게 무슨 말인지 알 수 없었다. 여자의 말이 떨어진 것과 동시에 순간 사방이 뿌옇게 변했다.

"얄팍한 수는……."

통하지 않는다고 말하려고 했다. 그러나 그대로 얼어붙은 보름의 입에서 말은 굳어버리고 말았다. 누군가 보름 앞에 서 있었다. 그 남자의 얼굴을 알아본 보름이 저도 모르게 뒷걸음질 쳤다.

"아니야."

그럴 리 없다. 이건 그 여자가 만들어낸 환상임이 분명했다.

"아니야, 아니라고."

보름이 고개를 내저었다. 보면 안 됐다.

"보름."

하지만 앞에서 들려온 그 목소리는 너무나 달콤했다. 이 모든 게 함정이라는 사실을 알면서도 어쩔 수 없이 그를 바라볼 수밖에 없을 만큼.

입술을 꽉 깨문 채 보름이 제 앞에 서 있는 남자를 보았다.

다 잊었다고 생각했다. 그래서 이제는 아무런 감정도 없을 거라고 생각했다. 그러나 그건 오만한 착각이었다.

"……현."

그 이름이 보름의 입술에서 다시 한번 흘러나왔다.

온몸의 세포가 고작 이름 하나에 반응하는 게 느껴졌다.

미쳤군.

보름은 자신의 상태를 냉정히 판단했다. 그러나 심장은, 눈길은, 떨림은 미친 상태 그대로 맹렬히 김현을 향해 뛰었다.

기억 속 모습 그대로 김현이 보름 앞에 서 있었다. 눈앞에 있는 남자의 얼굴은 단 하나의 감정으로 가득 차 있었다.

사랑.

그래, 사랑이라고 믿었던 것.

동시에 이 세상에서 가장 거짓된 것.

사랑이 무엇인지 몰라 보름은 정말로 자신의 모든 것을 다 바쳤다.

사랑을 위해 도망쳤다. 세상의 끝까지. 그러나 그곳에서 보름이 마주쳤던 것은 전혀 다른 것이었다.

"보름, 나의 달."

현이 보름을 향해 손을 뻗었다. 그 손에는 매듭을 지은 뱀 문양이 그려져 있었다.

"……나를 기억하긴 해?"

보름의 물음에 현이 그게 무슨 소리냐는 듯 눈을 크게 떴다. 그러곤 고분고분한 어조로 답했다.

"잘못 물어보신 듯합니다. 내가 어찌 당신을 잊을 수 있겠습니까, 감히. 그러니 질문은 기억하느냐가 아니라 당신을 잊을 수 있는 방법이 있냐고 물어보셔야지요."

그렇게 말한 현이 입을 열어 말을 이었다.

"잡아주세요, 손."

보름이 앞에 내민 현의 손을 보았다.

"나를 또 어디까지 끌고 내려가려고?"

현이 보름의 눈을 가만히 들여다보았다.

"왜요. 무서우신가요?"

"너는?"

보름은 대답 대신 되물었다.

현이 환하게 웃었다.

"당신과 함께인데 무서울 게 있나요, 나의 달."

"지랄하네."

꽉 깨문 이 사이로 보름의 대답이 튀어나왔다.

"우리가 함께하자고 말한 곳에 넌 없었잖아."

그와 함께할 수 있다는 말 하나만을 믿고 이 땅에 내려왔다. 그러나 처음부터 모든 건 잘 짜인 거짓말이었다.

"넌 나를 사랑한다고 했었지."

"지금도 그래요."

단박에 나온 현의 대답에 보름의 얼굴이 무섭게 굳었다.

"거짓말하지 마!"

현의 멱살을 잡았다. 그러나 현은 눈 하나 깜짝이지 않았다.

"당신이 나를 지금도 사랑하는 것처럼, 나도 당신을 사랑해요. 그건 변할 수 없는 사실입니다. 당신도…… 알잖아요."

보름의 손에 자신을 맡긴 채, 현은 사랑을 입에 담았.

그의 눈은 확신으로 가득 차 있었다.

사랑. 그래, 김현은 보름의 첫사랑이었다. 영원히 잊을 수 없는 첫사랑.

그리고 지금은.

애증이었다. 하지만 그건 어쨌거나 결국 사랑도 있다는 말이었다.

"그랬었지. 사랑했었어. 그래서 내가 모든 걸 다 버리고 여기까지 내려온 거였잖아. 하지만 넌 아니었어. 너에게 사랑은 날 없애는 거였니?"

"나에게 사랑은 오로지 나만이 당신을 차지하는 것입니다."

"뭐라고?"

멱살을 잡힌 현이 오히려 좀 더 보름에게 가까이 얼굴을 가져다 댔다.

현은 눈 한 번 깜빡이지 않고 보름을 응시했다.

"다른 그 누구도 당신 옆에 있을 수 없고 당신에게 기도를 올릴 수 없고 당신의 이름을 부를 수 없도록. 그렇게 만드는 게 내 사랑의 방식이란 말입니다."

"그게……."

"사랑해요."

보름의 대답은 현의 말에 턱 하니 막히고 말았다.

사랑 같지도 않은 사랑.

"보고 싶었어요."

말도 안 되는 거짓말.

현이 손을 들어 올려 가만히 보름의 뺨을 쓰다듬었다. 정말로 그가 눈앞에 있는 것만 같았다.

거짓말.

아니, 정말.

진짜로…….

거기까지 생각한 보름의 몸이 땅으로 쓰러졌다.

"사랑에 빠진 신이라."

쓰러진 보름을 내려다보는 이는 김현이 아닌, 보름과 싸우던 내연녀였다.

"가장 약한 부분을 보여주는 환술에 이렇게 쉽게 당할 줄은 몰랐는데. 사랑 때문에 땅으로 떨어진 신이라. 뭐, 나에게는 좋은 일이지. 이것의 힘을 먹을 수만 있다면……."

"보름!"

뒤에서 울리는 커다란 소리에 내연녀가 고개를 돌렸다. 거기엔 커다랗게 숨을 헐떡이는 산호가 서 있었다.

"산신도 아닌 주제에 산군을 데리고 다녔군."

여자는 단번에 산호의 정체를 알아차렸다.

"당장 보름을 내놔!"

"싫은데."

여자가 딱 잘라 말했다.

"이것까지 먹으면 난 정말로 이 도시의 신이 될 수 있어. 그런데 산군 따위가 나를 막아서려 해?"

"도시의 신이 된다고?"

"그래, 그분께서 약속하신 것이다. 영원한 어둠이 오면 나를 진짜 신으로 만들어주신다고 말이야."

여자가 산호를 보았다.

"네 신을 살리고 싶어?"

산호의 눈이 황금빛으로 물들었다. 산군의 힘을 개방했다는 뜻이었다.

"산군들은 너무 고리타분해. 아직도 자신의 신을 지키려고 이렇게까지 굴다니. 얼굴은 아깝지만 뭐, 어쩔 수 없이 해치워야겠지."

산호가 여자에게 달려들었다.

쾅!

그가 내지른 주먹이 막혔다. 다시 공격을 하려던 산호의 눈이 커다랗게 치떠졌다.

"보름……?"

그를 막아선 것은 다름 아닌 보름이었다. 보름이 들고 있는 검은 배트를 따라 기운이 일렁거렸다. 그건 보름이 지금 이 전투에 진심으로 임하고 있다는 뜻이었다.

산호가 뒤로 몸을 물렸다.

"보름!"

이름을 크게 불렀지만 보름은 산호의 목소리가 들리지 않는 것 같았다.

뒤에 선 여자가 그 모습을 웃으며 바라보았다.

"어차피 산군은 신의 말을 듣는 존재 아니었나? 죽으라고 하면 죽어야 하잖아. 그러니 괜히 기운 빼지 말고 '네 산신'이 죽으라는 대로 죽지 그래?"

그 말에 산호가 입술을 깨물며 말했다.

"일단 가정부터 틀렸다. 쟨 내 산신이 아니거든?"

마고가 이 세상에 없다는 걸 알면서도 산호는 다른 신을 받아들이지 못했다. 어쩌면 그래서였을지도 모른다. 마고의 뒤를 이을 산신이 태어나지 않은 것이.

산호는 산신 없는 산군이 되었다. 아무짝에도 쓸모가 없는 존재가 되었다.

"그렇다고 해도 달라지는 건 없지."

여자의 말이 끝나자마자 다가온 보름이 뭐라고 할 틈도 없이 산호의 얼굴을 가격했다.

커다란 소리와 함께 산호의 얼굴이 옆으로 돌아갔다. 간만에 느껴보는 날카로운 감각이었다. 입술이 터져 피가 흐르는 게 느껴졌다.

정신이 번쩍 들었다.

저 여자의 정체가 무엇이든 간에 보름을 저렇게 홀린 걸 보면 보통은 아니었다. 일단은 보름을 정신 차리게 하는 게 먼저였다. 혹은 적어도 여기서 움직이지 못하게 하거나.

어느 쪽이 더 빠를지 계산하는 산호의 귀에 보름의 목소리가 들렸다.

"거짓말. 왜 그랬어?"

갑작스러운 말.

보름의 얼굴을 본 산호의 눈썹이 잘게 떨렸다.

"나한테 정말로 왜 그랬어?"

그렇게 말하는 보름의 얼굴은 처음 보는 짙고 깊은 감정으로 가득 차 있었다. 손이라도 댔다간 그대로 무너질 것 같이.

"보름……?"

그러나 보름이 보는 것은 산호가 아니었다. 보름의 시선에는 오래된 시간과 수많은 감정들이 절절히 배어 있었다.

"정말 물어보고 싶었어."

보름의 새하얀 얼굴이 더욱 창백하게 질렸다.

바들바들 떨리는 입술 끝, 산호의 손목을 쥐어 잡은 손끝은 너무나 차가웠다.

그리고 그 눈물.

커다란 눈망울을 적시는 그 눈물.

"나를 사랑한다고 했었지. 그러면서 나를 땅으로 끌어내리는데, 단 한 번의 머뭇거림도 없었어? 그 모든 게 그믐이 벌인 계획의 일부라는 걸 나에게 말해줄 생각이 단 한 번도 들지 않았어?"

흘러나온 질문에 산호가 멍하니 보름을 쳐다보았다.

보름의 얼굴은 증오와 분노와 후회로 가득 차 있으면서도 일말의 사랑이 담겨 있었다.

"나는 너 하나 때문에 다른 모든 것을 버리고 이곳에 내려왔는데. 너는, 정말로, 나를……."

보름의 목소리가 흔들렸다.

지금 보름이 누구를 보고 있는 건지 산호는 확실하게 알았다.

아주 가끔, 보름이 이야기했던 그 사람. 보름을 이 세계로 끌어내린 장본인.

대략적인 내용은 산호도 알았지만 굳이 이야기를 먼저 꺼낸 적은 없었다. 산호에게 마고의 죽음이 그렇듯, 보름에게도 그 남자 이야기는 아직도 낫지 않은 상처일 테니까.

"대답할 수 없는 거야?"

보름이 눈물에 젖은 목소리로 물었다.

산호는 뭐라 답할 수 없었다.

"그래. 그러면 그냥 죽어."

눈물 어린 얼굴로 보름이 차갑게 말했다. 그 말처럼 목 아래 닿은 배트가 숨을 조여오는 게 느껴졌다.

"그냥 죽어서 나를 생각해. 영원히."

보름이 산호의 심장을 겨눠 배트를 높게 들어 올렸다.

"이제 끝이다."

끝이라고.

여전히 눈물이 어려 있는 보름의 얼굴이 산호의 눈에 들어왔다.

보름은 지금 자신이 울고 있는 것도 모를 거였다. 아니, 어쩌면 매일 같이 느끼는 감정이 슬픔이라는 걸 모르고 있는 것 같았다.

늘 그 감정에 젖어 살다 보니 그게 모두가 느끼는 평범한 감정일 거라 생각하고 자신이 어디가 어떻게 아픈지도 모른 채 그렇게 살아갈 거였다. 매일 아무렇지도 않다는 얼굴을 하고 그 표정 뒤로 너울거리는 눈물을 스스로도 모른 척 참아두고.

생각해보면 한 번도 보름의 마음은 제대로 들여다본 적이 없었다.

늘 괜찮은 얼굴을 하고 있었으니까.

참으로 바보 같은 신이었다.

그래서 신경이 쓰이고 혼자 둘 수가 없었다.

누가 뭐래도 보름은 산호가 가장 필요할 때 손을 내밀어준 이였다. 이 세상에 산호가 살 수 있는 공간과 힘을 내어주었다.

그러니 포기할 수 없었다. 자신은 감히 보름에게 상처 입힐 수 없었으니 보름 스스로 이 환영 속에서, 과거의 상처에서 벗어나야만 했다.

"날 봐!"

산호가 커다랗게 소리쳤다. 보름의 시선이 산호의 얼굴에 닿았다.

"날 보라고. 지금 당신 앞에 누가 있는지!"

산호의 외침을 들은 여자가 깔깔 웃었다.

"고작 그 정도 가지고 내가 건 주문을 깰 수 있을 거라고 생

산그림자 171

각하는 거야? 마지막 발버둥치고는 보잘것없구나."

여자가 보름에게 외쳤다.

"지금 당장 눈앞의 저놈을 죽여버려! 네 모든 걸 다 앗아간 자이다!"

보름의 손이 부들부들 떨렸다.

산호는 보름에게서 시선을 떼지 않았다.

"보름, 난 당신을 아프게 한 그 사람이 아니야!"

하지만 보름은 산호의 목 아래 배트를 들이댔다. 차가운 감촉이 섬뜩하게 와닿았다. 하지만 그것보다 더 산호의 마음에 비수처럼 파고든 것은 뺨을 타고 흐르는 보름의 눈물이었다.

신이 우는 광경은 처음이었다.

산호가 멍하니 보름이 우는 모습을 보았다. 도대체 어떻게 해야 할지 알 수 없었다.

"보름……."

울지 마, 제발.

"내가 어떻게 해야 할지 모르겠잖아."

산신이 울면 온 산에 비가 내린다.

산에 사는 모든 것들은 산신의 눈물을 먹고 자랐다.

똑.

보름의 눈물이 그대로 산호의 얼굴에 떨어져 내렸다.

뜨거웠나. 혹은 너무 차가웠나.

아니면 신의 눈물이란 그 둘 중 어떤 것도 아닌 걸까. 떨어져 내린 보름의 눈물은 산호를 일깨웠다.

방법은, 있었다.

보름이 가지고 있는 신의 자아. 그것을 불러낼 수만 있다면 저런 환각 따위는 금방 깨져버리고 말 거였다.

산호가 입을 열었다.

"지금 당신이 눈물을 흘리는 이유는 무언가를 지극히 사랑했기 때문이겠지."

사랑에 빠진 자만이 그것의 무서움을 안다.

내 세상을 온전히 뒤집고 흩어놓고 산산이 조각낼 수 있는 사랑.

"무서워?"

산호의 질문은 보름뿐만 아니라 스스로에게도 하는 것이었다.

다 알면서도, 다시 한번. 그럼에도 불구하고 다시 한번 사랑을 할 수 있겠는지 묻는 것이었다.

"나도 그래."

산호가 보름을 향해 손을 뻗었다.

배트가 닿은 그의 목덜미에서는 붉은 피가 흘러나왔다. 그러나 그런 건 아무래도 상관없었다.

보름을 살릴 수 있는 유일한 방법.

"언제고 이런 날이 올 거라고는 생각했지만 이렇게 빠를 줄은 몰랐어."

아직 낫지 않은 상처를 덮어두고 새로운 상처를 받아들이는 일.

"당신도 사랑할 힘이 남아 있지, 아직?"

눈물로 반짝이는 보름의 눈을 산호가 들여다보았다.

보름은 산신을 잃은 자신을 받아들였고 갈 곳이 없는 영귀들을 보살폈으며 쓸모없는 인간을 자신의 영매로 두었다.

산호도 여기서 보름을 포기할 수 없었다.

'그러니 마고, 나의 신이여……. 지금 내가 하는 약속을 너무 고깝게 보지 않기를.'

산호가 마음속으로 마고에게 짧은 기도를 올렸다. 그건 당신을 영영 저버리는 일이 아니라는 속죄의 마음과 그동안 알면서도 붙들고 있어 미안하다는 마음이 뒤섞인 기도였다.

훅.

아까와는 전혀 다른 산바람이 산호의 머리칼을 스치고 지나갔다.

눈을 감았다 뜨자 보름이 보였다.

이곳에 속하지 않은 새로운 신. 달에서 온 신.

어쩌면 하늘에서 뚝 떨어진 동아줄일지도 모르는.

산호가 자신을 죽이려 하는 보름의 손을 부드럽게 잡았다. 그러곤 손등에 대고 산군의 맹세를 읊조렸다.

흘러나온 맹세의 주문은 보름의 손에 휘감겼다.

그건 산호의 목숨과 피로 만든 주문이었다. 산군은 산신을 따른다. 그리고 산호가 모시기로 정한 산신은……

"당신입니다."

산호가 무슨 짓을 하는지 그제야 깨달은 여자가 뒤에서 소리를 질렀다.

"그딴 산군의 맹세로, 내 환시에서 깨어날 수 있을 것 같아?! 당장 눈앞의 저놈을 없애! 죽이라고!"

그 소리에 맞춰 보름이 배트를 다시 집어 들었다.

"보름!"

산호가 외쳤지만 보름의 손은 멈추지 않았다.

빠악―!

커다란 소리와 함께 바닥으로 쓰러졌다.

동시에 훅 숨을 들이켜는 소리가 났다. 그리고 뒤따르는 건 뿜어져 나오는 붉은 피.

"뭐, 뭐야……."

쓰러진 여자가 멍한 눈으로 보름을 올려다보았다.

그대로 몸을 돌린 보름의 공격은 정확히 여자를 노렸고 성공했다.

어느새 보름의 눈동자는 본래의 색으로 빛나고 있었다. 어둠보다 더 깊은 밤하늘을 닮은 눈동자.

"너……."

여자가 중얼거렸다.

그러나 이미 늦었다. 보름이 여자의 이마 위에 배트를 가져다 대며 말했다.

"좋은 시도였어. 정말 그대로 넘어갈 뻔했다니까."

여자가 이빨을 내밀며 으르렁거렸다. 뒤로 길게 이어진 뱀 꼬리가 보였다.

"그래. 이제야 정체를 드러내는군."

여자의 손에 뭔가가 번쩍였다. 하지만 보름이 더 빨랐다.

"어디서 또 먹히지도 않을 수를 쓰려고."

보름이 배트를 휘둘러 여자가 손에 든 구슬을 산산조각 냈다.

"내 구슬!"

새된 비명이 터져 나왔다. 보름이 보란 듯이 구슬 조각들을 짓밟았다.

"어디까지 하나 보려고 했더니 고작 이런 걸로 벌써 비명을 질러?"

"너, 너……!"

"신을 상대하려고 했을 땐 그만한 벌을 받을 각오도 되어 있었어야지. 안 그래?"

그렇게 말하는 보름의 얼굴엔 차가운 미소가 떠 있었다.

"자, 이제 빨리 말해야 할 거야. 네 목의 그 표식, 누구에게서 받은 거지? 너만의 힘으로는 이런 위치에 오르지 못했을 거잖아. 누가 널 도왔어?"

"넌 그분을 막지 못한다."

여자가 이를 갈며 말했다.

"이건 내 믿음의 대가야! 내가 여기까지 오를 수 있었던 건!"

"그리고 지금 내가 너를 벌하는 것 역시 네 믿음의 대가다. 건방진 구렁이야."

"그렇다면 죽여."

보름이 여자를 내려다보았다.

"그럴 생각이야. 잘 가라고는 안 할게. 이건 네 업보를 돌려받는 거니까."

배트 끝이 여자의 심장을 관통했다.

"달은…… 언젠간 이지러진다. 그리고 곧 그때가 오겠지. 영원한 어둠의 시간이."

여자의 입에서 저주의 말이 흘러나왔다. 그러나 보름은 눈썹 하나 까딱이지 않았다.

"그런 말은 너무 많이 들어서 말이야. 이젠 무섭지도 않아."

배트에 그려진 달 그림이 은색으로 물들며 환하게 빛났다.

"으아아악!"

비명 소리와 함께 여자가 가지고 있던 모든 힘이 보름에게 흡수됐다.

여자의 힘을 완벽하게 먹어치운 보름이 자리에서 일어났다. 그러곤 산호를 보았다.

날카로운 보름의 눈동자가 어둠 속에서 번뜩였다.

산호는 그것이 앞으로 자신의 세상에 유일하게 뜰 달이라는 사실을 깨달았다. 달이자 세상이자 자신의 유일한 신.

보름이 천천히 산호에게 다가왔다.

"이런 식으로 날 붙들어둘 줄은 몰랐는데."

"당신이 그 정도로 정신을 차리지 못할 거라곤 나도 몰랐으니까. 최후의 방법이었어."

"똑똑한 건 인정해줄게."

"알면 다음부턴 그런 수법에는 넘어가지 마. ……그리고 울지도 말고."

산호의 말에 보름이 눈을 동그랗게 떴다.

"울었다고? 내가?"

"그래."

"언제?"

"말하면 기억이나 해? 기억도 못 할 거면서."

"왜 짜증이야?"

"생각해보니까 내가 밑지는 장사잖아. 하지만 내 산신이 되었다고 뭐 달라지는 게 있을 거라고 기대하지는 마. 어쩔 수 없는 선택이었으니까."

"내가 울어서 그랬던 거야?"

그 물음에 산호의 귀 끝이 빨갛게 물들었다.

"누가?!"

"네가."

보름이 이상하다는 듯 산호를 보았다.

"그런데 왜 나를 못 쳐다봐? 갑자기 부끄러움이라도 타는 건가?"

"중요한 건 그런 게 아니잖아. 정리하고 내려가자고."

"그럼 날 좀 봐보라니까?"

"왜."

"네 산신이 부탁하는데 그것도 못 해줘? 어떻게 돼먹은 산군이……."

보름이 거기까지 말했을 때 산호가 옜다, 하는 표정으로 얼굴을 들이밀었다.

갑자기 들어온 산호의 얼굴에 보름의 말문이 막혔다.

"됐어?"

제자리로 돌아간 산호가 내려가자는 듯 손짓했다.

"빨리 집에 가자. 연화도 기다릴 거야."

집.

함께 집으로 돌아가는 길.

"……그래."

●

차에서 내린 김현이 깊게 숨을 들이마셨다.

익숙하고도 낯선 공기. 한국은 올 때마다 많은 것들이 바뀌어 있었다. 쓰고 있는 너울 너머로 김현이 주변을 한번 둘러보았다. 뒤쪽으로 산이 펼쳐진 게 보였다.

"본부장님."

머리를 하나로 높게 올려 묶은 부하가 현에게 인사했다. 팔뚝에 그려진 뱀 무늬 문신이 눈에 들어왔다.

"오시느라 수고 많으셨습니다."

"한 놈이 사라졌다고 들었는데."

"송구합니다."

현이 부하를 노려보았다.

"관리를 어떻게 하는 거지? 그것들은 영원한 어둠을 모시기 위한 도구들이야. 하나도 허투루 해서는 안 된다고 몇 번이나 말했는데."

"변명처럼 들리시겠지만 계획에 문제는 없었습니다. 이 근방엔 저희가 직접 키운 이무기를 소멸시킬 만큼 강한 힘을 가지고 있는 신도 없었고요. 예상치 못한 상황이었습니다."

"그럼 스스로 도망이라도 쳤다는 건가?"

"그랬다면 저희가 알아냈을 겁니다. 제 생각엔 산신 쪽에서 움직인 것 같습니다."

"산신이?"

"본부장님께서 이곳에 씨를 처음 뿌리셨을 때, 산신들을 정리하셨다고 하지 않으셨습니까."

그 말에 현이 기억을 되짚는 듯 눈을 가느다랗게 떴다.

"아……."

지나간 기억이 그제야 떠올랐다.

"그랬었지. 너무 오래전 일이지만. 벌써 그게 이백 년도 더 넘은 것 같은데."

그건 일본으로 건너간 김현과 그믐이 어느 정도 충분한 힘을 모았을 때의 일이었다. 조선은 그믐이 다시 돌아가야 할 땅이었다. 처음으로 달이 떨어졌던 그곳에서만 다시 하늘로 올라갈 수 있었기 때문이었다.

아직 준비가 다 되지 않은 그믐 대신 김현이 먼저 조선에 들어갔고 거기서 첫 번째 일을 시작했다. 그건 영원한 어둠을 불러들일 길고 긴 계획의 시작이었다. 그때부터 한 번도 쉬지 않고 계획은 계속해서 이어졌다. 지금까지 쭉.

계획의 첫 번째는 조선의 산신들을 없애는 거였다. 김현은 자신이 받은 그믐의 힘 일부를 이용해 점점 쇠약해지고 있는 조선의 산신들을 하나씩 소멸시켰다. 그리고 산신이 없는 빈 산마다 자신이 가지고 온 뱀 알을 묻었다. 그것은 통칭 '씨 뿌리기'라는 이름으로 불렸다.

묻은 뱀 알은 더 이상 그곳을 관리할 자가 없는 빈 산에서 모든 에너지를 다 먹으며 자랐다. 그렇게 자라난 뱀은 구렁이가 되고 이무기가 됐다. 산의 모든 정기를 다 빨아먹은 이무기를 더 크게 키우기 위해서 김현은 '달과 뱀' 조직을 설립해 그들에게 인간을 먹이로 주었다.

그들에게 줄 인간을 공급하는 건 아주 쉬웠다. 인간들은 늘 더 큰 쾌감을 쫓곤 했으니까. '달과 뱀'을 통해 한 번이라도 접령(接靈)을 한 자들은 그 감각을 절대 잊지 못했다. 중독된 인간들은 제 발로 이곳에 기어들어 왔다.

그들은 목숨도 아까워하지 않았다. 죽어도 좋다는 인간들을 마다할 이유가 없었다.

일본과 한국 양쪽에 지부를 세우곤 쾌감을 찾아다니는, 나약한 인간들을 모았다. 그렇게 인간의 힘까지 먹고 자란 이무기들은 그믐이 한국으로 다시 돌아오는 데 쓰일 예정이었다.

뒤로 펼쳐진 산을 보며 김현이 이야기를 이었다.

"그때는 여기가 다 바다였나. 재밌었어. 산신들 죽이고 다니는 거. 콧대 높은 신들이 결국엔 내 앞에서 절절매는 꼴을 보는 게 즐거웠지."

그렇게 말하는 현의 얼굴엔 미소가 떠올랐다.

"물론 그중에는 마지막까지 산신다웠던 치들도 있었지만 말이야. 그래 봤자 다 죽은 건 마찬가지지만."

"그때 이후로 한반도의 산신들은 두 계파로 나뉘었습니다. 그중 한쪽은 이미 저희에게 넘어온 거나 다름없기에 본부장님께서 신경 쓰실 일이 없지만, 이번 사건은 그중 다른 계파에서 벌인 일이 아닌가 싶습니다."

"그렇게나 소멸시켰는데도 아직 남아 있는 걸 보면 참, 이 나라의 신들은 억척스러워."

"저희 편에 선 산신들을 이용해 그쪽 사정을 알아보도록 하겠습니다."

"그래. 그냥 이참에 나머지 산신들을 전부 없애버리도록 하지. 그믐 님께서 오시기 전에 깨끗하게 처리하는 게 좋을 것 같아."

"알겠습니다."

"그리고 이곳을 한번 살펴봐야겠어. 그날 제사가 있었던 곳으로 안내해."

"예."

부하가 얼른 앞장섰다.

김현이 그 뒤를 따랐다. 뒤로 첩첩이 이어진 산들.

그중 어딘가엔 보름이 잠들어 있는 곳도 있을 거였다. 그 생각을 하면 저 안 어디서부터 찌릿한 통증과 함께 몸이 뜨거워지는 게 느껴졌다.

그녀가 아직까지 잠들어 있다 해도 괜찮았다. 그믐이 한반도에 도착하는 날이면 보름이 어디에 있는지도 단번에 알아낼 수 있었으니까.

현이 저릿한 손을 몇 번 주먹 쥐었다가 다시 놓았다.

"그날 제사에 참여했던 인간들은?"

부하가 얼른 대답했다.

"전부 확인해보았지만 기억하고 있는 게 없어 도움이 되지 않았습니다. 이곳입니다. 현장은 최대한 그대로 보존해두었습니다만……."

현이 고개를 들어 갈가리 찢어진 탱화를 보았다.

뭔가 일이 있긴 했던 모양이었다.

"여기 있던 뱀 녀석은 같은 배에서 태어난 것 중에도 꽤 힘이 셌던 놈인데."

주변을 보던 현의 눈에 뭔가 들어왔다.

깨진 뱀의 구슬이었다. 뱀의 정기를 담아둔 구슬은 목숨이나 다름없는 것이었다. 그것이 이렇게 깨질 정도라면 그만큼 격렬한 저항이 있었다는 증거였다.

현이 그것을 집어 들어 면밀히 살폈다.

"잠깐."

내리쬐는 뜨거운 햇살에 뒤에서 우산을 받쳐 들고 있던 부하에게 현이 옆으로 비켜보라는 손짓을 했다. 부하가 바로 옆으로 비켜났다.

조각의 끝부분을 가만히 보던 현의 눈동자가 일순 멈췄다.

"그럴 리가……."

그의 목소리가 떨렸다. 그러나 다시 한번 보아도 그 조각 끝에 묻은 기운은 분명 현이 잘 아는 이의 것이었다.

아니, 정확하게 말하면 잊을 수 없는 이의 것, 보름.

"무슨 일이십니까?"

부하의 물음에도 현은 대답하지 않았다. 그저 들고 있는 조각을 노려볼 뿐이었다.

"본부장님?"

현의 눈동자는 조각에 꽂힌 채 움직이지 않았다.

"여기에 왜 산신이 왔다고 생각한 거지?"

"그건…… 산군의 흔적을 발견했기 때문입니다."

"이곳에 온 자들이 누군지 특정해서 보고하도록 해. 되도록 빨리."

"알겠습니다."

"한국 지부는 얼마나 준비되어 있지?"

"이번에 예기치 않은 손실이 있었지만 바로 채울 수 있습니다. 다음 달이면 목표치에 도달할 수 있을 것으로 봅니다."

"더 빨리 당겨."

"빨리라면 어느 정도로……?"

"이번 달 안으로."

단호한 현의 말에 부하가 얼른 고개를 숙였다.

"알겠습니다."

"그리고 이 일은 내가 맡도록 하지."

"본부장님께서 직접 말씀이십니까?"

"그래. 알아들었으면 일 처리를 빠르게 해야 할 거야. 가봐."

"예."

부하가 인사를 남기곤 자리를 떴다.

혼자 남은 현이 쓰고 있던 너울을 걷어 올렸다. 손에 들린 조각을 들여다보는 현의 시선엔 짙은 욕망과 분노, 기대감이 뒤섞여 타오르고 있었다.

"……보름."

현이 그 이름을 작게 속삭였다.

조각 끝에 묻은 기운은 분명히 보름의 것이었다. 다른 이라면 몰라도 현이 그걸 알아보지 못할 리가 없었다.

"내가 당신을 잊을 수 있을 거라고 생각했어?"

그래서 이렇게 아무렇지도 않게 다시 내 앞에 나타난 건지, 현은 묻고 싶었다.

"달이 깨어났다."

드디어.

드디어 보름 당신을 다시 만나는 날이 왔어.

이번에는 절대로 놓치지 않을 것이다.

"내 손으로 꽉 잡아둘 거야."

현이 조각 끝에 남아 있는 보름의 기운을 혀로 핥았다. 새빨간 혀끝이 날카로운 조각 끝에서 선연하게 빛났다.

지그시 눈을 감은 현의 속눈썹이 가볍게 떨렸다.

이제 해야 할 일은 하나였다.

"나의 달을 맞이할 준비를 해야겠지."

그것도 아주 성대하게.

●

"언제까지 이러고 있어야 하는 거지?"

산호의 물음에 연화가 침대 안을 들여다보았다. 깊은 잠에 빠져 있는 보름은 미동도 없었다.

"벌써 삼 일째죠. 이런 경우가 있다는 건 들어보지 못했습니다만……."

연화 역시 걱정스러운 목소리였다.

물론 보름은 인간의 몸과는 전혀 다르기에 이 정도는 그래도 괜찮았다. 문제는 침대 옆에 붙어서 어쩔 줄 몰라 하는 산호였다.

주인을 지키는 강아지처럼 보름 옆에 딱 붙어서 삼 일 내내 제대로 먹지도 않아 말라가는 게 눈에 보일 지경이었다. 그냥 두었다간 보름보다 산호가 먼저 쓰러질 것 같았다.

"역시 다른 방법을 생각했어야 했나?"

"그 질문도 벌써 몇 번째인지 모르겠네요. 산군님께서는 그때 할 수 있는 모든 방법을 다 사용하신 것뿐입니다. 오히려 보름 님께는 좋은 일이지요. 보름 님의 기반은 이곳 땅이 아닌 하늘에 있지 않습니까. 그 말인즉 땅과 연결고리가 하나도 없는 보름 님이 이곳에서 지내는 것 자체가 꽤 큰 힘이 필요한 일이라는 겁니다. 그런데 산군님의 맹약으로 산신이 되셨으니 이제는 그 연결고리가 생긴 셈. 더 자유롭게 움직일 수 있는 기반을 산군님께서 만들어주신 것이지요."

"알아, 나도. 하지만……."

돌아온 보름이 눈을 뜨지 못했다. 산호에게는 그것만이 가장 큰일이었다.

"천신이 산신이 되는 건 처음 있는 일이니 몸도 적응할 시간이 필요할 겁니다."

연화의 차분한 말에도 산호는 불안한 얼굴로 연신 입술을 깨물었다.

연화 역시 그 마음을 모르는 건 아니었다. 산군은 본디 산신만을 위해 존재하는 이들이었고 특히나 산호는 자신의 주인을 잃어버린 채 너무 오래도록 살아왔다.

인간으로서는 까마득한 세월을 기다려온 산군이 드디어 주인을 맞이했는데 보름이 이렇게 누워만 있으니 걱정이 될 수밖에는 없을 거였다.

"그동안은 그렇게 티격태격 싸우시더니요."

"싸운 건 아니야. 그냥 사소한 의견 차이가 조금 있었을 뿐이지."

"중간에 낀 저만 힘들었던 날이 얼마나 많았는데요!"

"그 정도는 신을 모시는 자로서 충분히 해결해야 할 일 아니야? 지금도 그래. 보름을 모시고 있으면 언제 깨어나야 하는지 정도는 연화 네가 알고 있어야지!"

"이제는 불똥이 저에게 튀는 건가요?"

연화의 말에 산호가 입을 다물었다. 산군이나 되어서 인간에게 이런 모습을 보이는 것이 좋은 행태는 아니었다.

"그럼 차라리 상을 올리는 건 어떨까요?"

"상?"

"예. 본래 신께 원하는 것이 있으면 제사를 지내지 않습니까.

보름 님을 위해 맛있는 것을 만들어서 차리면 먹고 싶어서라도 깨어나지 않으실까요?"

"……일리 있어. 먹는 거라면 사족을 못 쓰니까."

"좋습니다. 그럼 준비하시죠!"

"누가?"

연화가 당연하지 않냐는 얼굴로 산호를 가리켰다.

"내가?"

"그럼 누가 합니까? 보름 님의 식성을 더 잘 아는 게 산군님이시잖아요. 그리고 보름 님께서 산군님이 만드는 음식이 맛있다고 하셨어요."

그 말에 산호가 무슨 소리냐는 듯 물었다.

"보름이? 무슨 소리야. 대체 그런 소리를 언제 했는데?"

"어? 산군님께는 한 번도 그런 말씀 하신 적 없으세요? 저에게는 자주 하셨는데. 그래서 산군님께서도 당연히 아시는 줄 알았습니다."

산호가 고개를 저었다.

"없어. 그런 적."

연화가 슬쩍 웃었다.

"보름 님께서도 그런 말을 하기가 부끄러우셨나봅니다."

"뭐……가?"

"산군님 칭찬해주는 거요. 하지만 그건 산군님도 마찬가지시니까 두 분이 서로 비슷한 성격을 가졌다고 여기고 넘어가

시죠."

"재랑 나랑 성격이 비슷하다고? 말도 안 돼."

"이런 점들이 비슷하다는 겁니다. 바로 앞에서는 낯부끄러운 소리 못 하는 점이."

뭐라 답하려던 산호가 그냥 대답을 말았다. 괜히 연화에게 더 말리는 느낌이었다.

"내가 보름보단 성격 좋아. 난 적어도 저렇게 아무렇게나 굴지는 않는다고."

"당연히 그러시겠죠. 아무튼 상차림, 하실 거죠?"

진짜로 말렸다. 여기서 안 한다고 할 수도 없었다.

"알겠어. 할게, 한다고."

산호의 대답에 연화가 웃었다.

"그럼 빨리 장 봐서 상을 차리자고요. 산군님 말씀대로 누워 계시는 기간이 길어져서 좋을 건 없으니까요."

마트 직원이 계산을 전부 마치고 산호에게 말했다.

"십칠만 오천팔백육십 원입니다. 카드로 하시겠어요?"

"아니요, 현금으로 할게요."

산호가 지갑에서 돈을 세서 건네주었다. 돌아온 동전 잔돈을 주머니에 밀어 넣고 산 물건들을 정리했다. 둘이서 살면서 이렇게 많은 걸 한 번에 산 건 처음인 듯싶었다. 산호는 음식을 거의 먹지 않는 데 익숙했고 보름은 먹는 건 좋아했지만 제때

챙겨 먹는 스타일은 아니었다. 의뢰를 맡아 처리할 때 나가서 사 먹는 수준이었고 일이 없을 경우나 산호가 해놓은 음식을 먹었다. 그때도 별다른 반응을 보이지는 않아서 그냥저냥 먹을 만한가 보다라고 생각했지 그걸 마음에 들어 했을 줄은 몰랐다.

"그럼 말을 했어야지. 몰랐잖아."

보름이 좋아하는 메뉴를 만들기 위해 필요한 것들을 상자 안에 차곡차곡 집어넣으면서 산호가 중얼거렸다.

"하긴, 나도 말하지 않은 것들이 많으니까."

둘의 공생 관계는 기묘했다.

하늘에서 떨어진 신, 산신도 없이 돌아다니는 산군은 조합부터 기묘했지만 더 이상한 건 둘의 사이였다.

각자의 목적을 위해 힘을 협력하고 있는 사이.

친구라고 부르기엔 그렇게 친하지 않았고 그렇다고 그냥 아는 사이라고 하기엔 또 그것도 애매했다. 아무튼 서로가 어쩌고 있는지 신경은 쓰였으니까.

굳이 말을 해서 아는 것보다 항상 함께 붙어 다니면서 자연스럽게 파악한 것들이 훨씬 더 많았다. 보름이 어떤 식으로 진언을 외우는지, 마음이 불안할 때는 뭘 하는지, 생각이 다른 곳에 가 있을 땐 어떤 표정을 짓는지, 말버릇은 무엇인지, 기분이 좋을 때는 콧노래로 무엇을 부르는지.

산호는 그런 것들을 속속들이 알았다. 그러나 지금까지는 거기에 굳이 의미를 두지 않았다. 의미를 둘 필요도 없다고 생각했고 의미를 어떻게 두어야 하는지도 몰랐기 때문이었다.

산 물건들을 상자에 넣던 산호가 감자칩 봉지를 들었다.

"단종될 거라고."

산호가 그걸 골랐을 때 물건을 홍보하던 아주머니가 했던 말이었다. 팔리지도 않는 이상한 맛 감자칩을 내놓더니 그렇게 될 줄 알았다면서 저번에 들여오고 남은 물량이 전부라는 이야기를 함께 했다.

상자 안에 물건을 집어넣던 산호의 손이 멈췄다. 얼른 옆에 서 있던 사람에게 부탁했다.

"저, 잊어버리고 안 사 온 물건이 있어서 그런데 잠시만 제 짐 좀 봐주실 수 있나요? 금방 돌아올 겁니다."

"그래요."

허락을 받자마자 산호가 다시 마트 안으로 뛰어 들어갔다.

과자 코너로 가자 감자칩이 단종될 거라고 말했던 아주머니가 아직 서 있었다.

"저기……."

숨을 고른 산호가 입을 열었다.

"이거 이상한 맛, 남은 거 있으면 다 주실 수 있으세요? 창고에 남은 것도요."

"창고에 있는 것까지?"

"네. 전부요."

산호의 말에 아주머니는 희한한 사람 다 본다는 얼굴이었다. 하지만 안 될 것도 없었다.

"그래요. 남은 거 다 가져갈 사람 있으면 좋지. 잠깐만 기다려요."

아주머니가 창고에서 과자를 꺼내오는 사이, 산호가 진열되어 있는 과자들을 쓸어 담았다. 보름이 이 모습을 보면 뭐라고 할지 궁금했다.

지금까지는 의미를 두지 않았던 행동과 생각과 마음.

하지만 이제는 의미를 두어도 괜찮았다. 보름은 자신의 산신이었고 자신은 보름의 산군이었으니까. 알아가는 게 하나씩 늘어난다고 해도 괜히 모른 척하지 않아도 됐다. 언젠간 지나갈 마음이라고 생각하며 담아두지 않아도 됐다.

"자, 여기요."

아주머니가 과자 박스 몇 개를 산호에게 건네주었다.

"감사합니다."

그걸 받아든 산호의 표정이 환했다.

별것도 아니었다. 그런데 어딘지 모르게 기분이 좋았다. 처음으로 느껴보는 감정이었다.

이제 남은 건 얼른 집으로 돌아가 연화가 말한 상을 차리는 것뿐이었다. 제아무리 보름이라도 일어나지 않고는 못 견딜 저녁상을 차릴 자신이 있었다.

산호가 한결 가벼워진 걸음으로 다시 짐이 있는 곳으로 되돌아갔다.

그리고 그런 산호의 모습을 저 멀리서 바라보는 자들이 있었다.

찰칵.

산호의 모습이 찍혔다.

●

"우리와 함께하고 싶어 하는 산신이 찾아왔습니다."

부하의 말에도 현은 장기판만을 골똘히 들여다보았다. 그 위에는 초록색과 붉은색의 보석으로 만들어진 장기말들이 자리했다.

"……본부장님?"

고심 끝에 현이 말 하나를 움직였다. 장군이었다.

그제야 만족스러운 미소와 함께 현이 입을 열었다.

"누군데."

"저희가 이무기를 키웠던 산 중 하나에서 태어난 새로운 산신입니다. 쓸 만한 이무기들을 옮기는 과정에서 몇 개의 산이 주인 없이 비었는데 거기서 새로운 산신이 나타난 모양입니다."

"아직까지 그럴 만한 산이 있는 줄은 몰랐는데."

"저희 역시 그렇게 생각해서 다른 걸로 채워놓지 않았습니다. 다만 조사해보니 다른 산들은 특이사항이 없었습니다."

"새로운 산신이라면 뭐 별다른 힘도 없겠군. 한반도의 산신들 중에서도 우리 편에 선 자들에게 소개해주고 대충 끝내. 어차피 곧 있을 전투에서 버티지도 못할 것 같은데."

"네, 알겠습니다. 아, 그리고 그때 이무기가 사라진 산에 있었던 산군이 누구인지 특정했습니다."

"누구지?"

"마고의 산에 있던 호랑이 산군입니다."

부하의 대답에 현의 눈썹이 살짝 찌푸려졌다.

"마고? 그 이름, 어디서 들은 적 있는 것 같은데."

"예. 아마 들어보셨을 겁니다. 이곳의 오래된 대지 산신이자 본부장님께서 이전에 이곳에 오셨을 때 소멸시켰던 산신 중 하나니까요."

"내가 소멸시킨 산신 중 하나라고?"

현이 기억을 더듬었다.

"아. 마지막까지 산신다웠던 그자를 말하는 거군."

목숨을 애걸복걸했던 몇몇 산신과는 다르게 마고는 마지막까지 그 위엄을 잃지 않았다. 그리고 그 옆에 있던 작은 호랑이 한 마리.

"그래, 이제 전부 기억이 나."

제 몸을 다 던져서라도 어떻게든 현을 막아보려고 하던 어린 호랑이의 얼굴이 떠올랐다.

"그럼 그자가 모시는 산신은 우리 쪽 계열이 아니겠군?"

"그런데 이상한 점이 하나 있습니다."

"뭐지?"

"그 산군이 지금 모시는 산신이 없습니다."

그 말에 현이 눈썹을 찌푸렸다.

"대체 무슨 말이야? 산신 없는 산군이 돌아다닌다고?"

"저희 쪽에 있는 산신들에게도 확인한 사항입니다만 마고가 소멸된 후, 그 산을 잇는 새로운 산신은 태어나지 않았다고 합니다. 산신이 없는 산군이기에 산신회에서도 추방당했다고 하더군요."

"그렇다면 그날, 그곳에 그가 모시는 다른 산신은 없었다는 이야긴가?"

"네, 그렇습니다. 아마 산신 없이 산군 혼자 존재하려면 드는 에너지가 크기에 이무기가 가지고 있던 정기를 흡수하려고 찾아온 게 아닌가 싶습니다."

현이 자리에서 일어났다. 뭔가 예감이 좋지 않았다.

"산신이 없는 산군이라."

그날, 그 자리에는 보름이 있었다. 그리고 거기에 나타난 산군.

"혹시나 몰라 산군의 뒤를 밟아보았습니다."

"직접 움직였나?"

"아닙니다. 산군들은 기척을 감지하는 능력이 뛰어나지요. 제가 직접 움직였다면 아마 바로 들켰을 겁니다. 달과 뱀에 가

입한 인간들을 이용했습니다."

그렇게 말한 부하가 현에게 사진이 띄워진 태블릿을 보여주었다.

"인간들과 함께 지내고 있더군요. 최근 모습은 이렇습니다."

태블릿 안에는 마트에서 장을 보고 있는 산호의 사진이 있었다.

"인간들과 지내고 있다고? 산군이?"

"예. 전례가 없는 일이긴 합니다만 산신이 없는 산군 자체가 처음이니까요. 그리고 이건 주변 인물들을 통해 받은 예전 사진들……."

"잠깐, 멈춰."

"예?"

현이 부하의 손에 들려 있던 태블릿을 난폭하게 뺏어 들었.

그러곤 부하가 넘기던 태블릿 속 사진을 믿을 수 없다는 눈빛으로 보았다. 몇 장의 사진엔 동일한 인물이 산군과 함께 찍혀 있었다.

현이 무엇을 쳐다보는지 확인한 부하가 조심스럽게 말을 이었다.

"산군과 함께 살고 있는 사람 중 하나인 듯싶습니다."

"함께 살고 있는?"

"예, 조사한 결과로는 두 명의 여자가 산군과 함께 살고 있다고……."

산그림자 197

"닥쳐!"

현이 소리쳤다. 갑작스러운 반응에 부하는 깜짝 놀란 얼굴이었다.

"보, 본부장님?"

"그럴 리 없어! 없단 말이다!"

현의 눈동자가 붉게 달아올라 있었다. 그의 주변에서 흘러나오는 살기에 부하의 얼굴이 새하얗게 질렸다.

"본부장님, 무…… 무슨 일인지는 모르겠지만 진정하시고……."

"나의 달 옆에 있을 수 있는 존재는 오로지 나 하나뿐이라고!"

커다랗게 소리친 현이 부하의 멱살을 잡았다.

"다른 것이 옆에 있는 꼴은 용납할 수 없어!"

부하는 현이 무슨 말을 하는지 알 수 없었다. 현의 손이 바르르 떨렸다.

"산군?"

말도 안 됐다. 산군이 왜 보름과 함께 있단 말인가. 이무기가 죽었던 곳에서도 둘은 함께 있었다. 그 의미는.

현의 손등 위로 힘줄이 툭 불거져 나왔다. 당장이라도 저 산군이라는 녀석의 숨통을 끊어놓고 싶었다.

"말도 안 돼."

보름이 깨어났을 수도 있다는 건 예상한 일이었다. 그러나 그 옆에 다른 누군가 있을 수도 있다는 건 단 한 번도 생각하지 못했다.

"대체 누가……."

꽉 깨문 입술 사이로 현의 목소리가 낮게 퍼졌다.

그 짧은 사이에 도대체 무슨 일이 벌어졌던 걸까.

현은 조금 더 이곳의 상황을 예의 주시 하지 못했던 스스로에게 화가 났다. 누가 뭐래도 보름 역시 신의 격을 가지고 있는 존재였다. 보름이 가지고 있는 힘에 끌리는 이들이 있을 거라는 생각을 했었어야 했다.

마음 같아선 정말로 당장에 저 산군을 죽이고 싶었다.

"본부장……님?"

부하의 말에 겨우 정신을 차린 현이 멱살 잡은 손을 탁 놓았다.

현의 눈이 어둡게 빛났다.

숨을 한 번 들이마시곤 마음을 가다듬었다. 이런 것들은 자신이 세운 긴긴 계획 중에서 벌어지는 한순간의 사고에 지나지 않았다. 중요한 것은 이 계획이 계속해서 이어져야 한다는 점이었다.

"바뀌는 것은 없어."

당신이 무엇이 됐다고 해도, 결국엔 나의 달로 돌아올 것이고. 당신 옆에 누군가 있다고 해도, 결국엔 나의 옆으로 와야 할 테니까.

"정말 당신은 내가 생각하지 못한 방향으로만 움직이는군."

바닥에 쓰러진 채 컥컥대는 부하에게 현이 말했다.

산그림자

"그 산신, 들여보내."

"예, 에?"

무슨 말인지 모르겠다는 목소리로 부하가 되물었다.

"아까 그랬잖아. 우리 편이 되고 싶다던 새로운 산신이 있다고."

갑자기 왜 마음이 바뀌었는지는 몰라도 부하는 지금 이곳을 빨리 벗어나고 싶은 마음뿐이었다.

"아, 알겠습니다!"

그래, 바뀌는 건 없었다.

보름이 어디에 있든 누가 옆에 있든 모든 건 영원한 어둠인 그믐이 다시 월신의 자리에 오르기 위한 것이었고 보름을 가지기 위한 계획 중 하나였다.

"하지만 나 말고 다른 이를 옆에 둔 벌은 받아야겠지."

어쩌면 일이 더 재밌어질 수도 있었다.

"당신이 누굴 믿든 간에 결국 그 믿음은 깨어진다는 걸, 보여줄게."

"처, 처음 뵙겠습니다."

들려온 목소리에 현이 고개를 돌렸다. 떨지 않으려고 애쓰는 앳된 얼굴의 산신이 보였다. 현이 짙은 미소를 지었다.

"그래요, 나를 보고 싶었다고?"

우물쭈물하던 산신이 고개를 끄덕였다.

"왜 나를 보고 싶었지?"

"그것이……. 이곳의 산신들에게는 더 이상 아무런 희망도 없다고 생각했기 때문입니다."

현이 흥미롭다는 얼굴로 계속하라는 손짓을 했다.

"아예 새로운 힘으로 모든 걸 끝내고 시작하는 것이 좋을 거라 생각했습니다. 그래서 한번 뵙고 싶었습니다."

"하하!"

현이 웃음을 터뜨렸다.

"갓 태어난 산신이라고 얕봤는데 그러면 안 될 것 같군요. 이리 시류를 잘 읽으시다니."

"과찬이십니다."

"그럼 제가 선물을 하나 드릴까요."

"선물이요?"

어린 산신이 궁금하다는 듯 눈을 동그랗게 떴다. 그 눈 안에 깃들어 있는 기대감을 현은 완벽하게 읽어냈다.

인간으로 태어나 신의 마음을 읽게 된 자는 김현, 자신이 유일무이할 게 분명했다.

"네, 선물이요. 아주 좋은 거랍니다. 강력한 정기를 모아놓은 것이지요."

현이 슬쩍 품 안에서 무언가를 꺼냈다.

그것은 녹색 보석이 박힌 아름다운 목걸이였다. 그걸 본 산신의 표정이 바뀌었다. 목걸이에 어떤 힘이 깃들어 있는지 알아차린 모양이었다.

"그, 그걸 저에게 선물로 주신다고요?"

"네, 그렇습니다. 어떻습니까? 마음에 드시나요?"

목걸이를 받아 든 산신의 손이 덜덜 떨렸다.

"이런 귀한 것을 제가 받아도 되는지 모르겠습니다."

"여기까지 직접 찾아오신 걸음에 대한 보답을 해야 하지 않겠습니까. 앞으로 함께 할 전우로서의 표식이라고 생각해주시지요."

"감사합니다, 감사합니다!"

어린 산신이 고개를 숙였다. 미소를 띤 얼굴로 현이 그 모습을 바라보았다.

"그렇지 않아도 곧 큰 산신 회의가 있습니다. 마침 여기까지 오셨으니 이곳에서 조금만 더 머물다가 그 회의에 참석하시지요. 그때까지 제가 오늘 드린 힘을 사용하는 방법도 알려드리겠습니다."

"직접…… 말인가요?"

현이 부드러운 미소를 지었다.

"당연하지요. 그 힘은 태고의 산신에게서 나온 정기이니 다루기 꽤 힘드실 겁니다."

"이게 태고의 산신에게서 나온 정기라고요?!"

놀란 얼굴이었다.

"예, 그러니 그걸 전부 산신님의 힘으로 만드실 수만 있다면 지금 있는 그 어떤 산신보다 더 강력해질 수 있을 겁니다."

어린 산신의 얼굴에 욕망이 피어올랐다.

그걸 본 현이 만족스러운 미소를 지었다.

"그리고 이번 일에서 큰 공을 세우신다면 영원한 어둠께서도 산신님을 인정해주실 겁니다. 그렇다면 고작 산 하나로 되겠습니까? 아마 더 큰 상이 있을 겁니다."

한번 피어오른 욕망은 쉽게 사그라들지 않는다. 현은 효과적으로 그 욕망에 불을 지폈다.

"그렇게 하겠습니다."

산신의 대답에 현이 고개를 끄덕였다.

"좋습니다. 그럼 나가 보시지요. 아이들이 산신님께 머물 곳을 알려드릴 겁니다. 회의가 있기 전까지 제가 매일 산신님을 찾아뵙겠습니다."

"네!"

산신이 밖으로 나갔다. 그 모습을 현이 만족스러운 미소를 지으며 보았다.

현이 어린 산신에게 준 정기는 다름 아닌 지금까지 지니고 있던 마고의 정기였다. 현에게는 그 정기가 그림의 떡이나 다름없었지만 저 산신에게는 다를 것이다.

"그리고 그 정기는 저 어린 산신을 삼켜버리겠지."

큰 힘을 가지는 데에는 당연히 큰 대가를 치러야 하는 법이었다.

마고의 정기는 저 산신의 몸을 가득 채우고도 남을 것이다.

그리고 그렇게 된다면…….

"마고가 되살아난 것처럼 느껴지겠지."

그러니 이건 미끼였다.

●

달그락거리는 소리가 들렸다.

그리고 코끝을 스치는 따뜻하고 맛있는 냄새. 보름이 천천히 눈을 깜박였다. 긴긴 꿈을 꾸었다. 꿈속에서 보름은 누군가와 이야기를 나누었다. 눈을 뜨기 전 상대에게 뭔가를 부탁받은 기억이 어렴풋이 떠올랐다.

'……아이를 부탁해. 내가 꽤 신경 써서 키운 아이거든.'

다정하고 부드러운 목소리였다.

하지만 꿈속의 상대방이 누군지, 누굴 부탁한다는 건지 몰랐다.

"그건 보름이 좋아하는 거니까 좀 많이 담자."

문밖에서 들리는 소리에 보름이 몸을 일으켰다. 열린 틈 사이로 부엌과 거실 풍경이 들어왔다.

부엌에서 뭔가를 열심히 만들고 있는 산호의 뒷모습이 가장 먼저 눈에 들어왔다. 어느새 살짝 긴 듯한 머리칼, 입고 있는 앞치마는 처음 보는 거였다. 그리고 옆에서 상다리가 휘어지게 음식을 차리고 있는 연화까지.

이상했다.

그건 한 번도 겪어보지 못한 집의 모습 같았다. 보름으로서는 처음 느껴보는 따스한 감정.

월신의 후계자인 보름은 가족이 없었다. 물론 같은 세대에 함께 계수나무에서 태어난 아이들을 일컬어 자매라고 불렀지만 그건 그냥 통칭하는 단어였지 가족이라고 할 수는 없었다.

보름에게는 오직 자신이 다스려야 할 존재들뿐이었다. 함께 웃고 울고 감정을 나눌 수 있는 자들은 없었다. 신은 혼자 서서 나머지 것들을 감당해야만 했다. 그걸 몰랐던 달에서의 보름은, 참으로 단순하고 순진했다.

자신이 잘 대해준다면 전부 함께할 수 있을 거라고 생각했다. 그 마음이 둘째인 그믐에게 다른 생각을 심어줄 거라곤 예상하지도 못했다.

보름에게 월신의 자리는 너무나 당연히 자신의 것이었다. 그리고 그믐에게는 단 한 사람, 보름만 없다면 제 것이 될 수도 있는 자리였고.

그때의 보름은 누군가 자신을 속일 수 있을 거라곤 꿈에서도 생각하지 못했다. 정해진 격을 따르고 모두 분수와 도리를 지키는 것이 보름이 아는 세상의 전부였으니까. 그래서 더욱 쉽게 속아 넘어갔다. 그믐과 김현은 손을 잡고 착실하게 보름을 지옥으로 밀어 넣었다.

일어난 보름이 문을 열었다. 문 열리는 소리에 뒤를 돌아본 산호와 눈이 마주쳤다.

"보름!"

보름이 일어난 것을 본 산호의 얼굴에 안도와 반가움이 피어났다.

왜 저렇게 웃는 거지.

내가 일어나기를 기다리고 또 기다린 것처럼. 내가 아주 많이 보고 싶었다는 것처럼.

"보름 님, 일어나셨어요?!"

옆에서 함께 준비하던 연화도 자리에서 일어나 한달음에 달려왔다.

"이게 다 뭐야?"

음식으로 가득 채워진 식탁을 보았다. 전부 보름이 좋아하는 것들이었다.

"누구 생일이야? 소고기에, 전에, 삼합에……."

"정말로 딱 맞춰서 일어나셨네요. 보름 님이 안 일어나시면 이거 저희 둘이 다 먹으려고 했는데."

연화의 말에 보름이 어허, 하는 소리를 내며 말했다.

"그렇게 둘 수야 있나. 그런데 이거 다 누가 한 거야? 설마."

보름의 시선을 산호가 피했다.

"그냥 심심해서 한번 해본 거야. 누가 몇 날 며칠을 안 일어나니까 의뢰도 없고 할 일이 없어져서."

"자자, 두 분 다 자리에 앉으세요. 이런 건 막 했을 때 먹어야

제맛이라고요."

연화의 채근에 보름도 산호도 자리에 앉았다.

둥근 식탁에 세 명이 모였다. 젓가락을 든 보름이 말했다.

"그럼, 오늘이 우리 셋이 모인 생일이라고 하자. 어때? 완전 생일상 같잖아."

"셋이 모인 생일상이요?"

연화가 되물었다.

"그래."

"아! 가족 생일, 뭐 이런 거죠?"

그 말에 보름이 잠깐 입을 다물었다. 연화가 얼른 손을 내저었다.

"제가 잘못 말했네요! 그게 아니라……."

"맞지."

보름의 대답에 오히려 연화가 놀라 되물었다.

"네?"

"같이 살고 같이 밥 먹고 하니까 가족이지."

거기까지 말한 보름이 가장 앞에 있던 고기 한 점을 들었다.

"먹자!"

그 말에 연화와 산호도 식사를 시작했다.

전부 다 맛있었다. 열심히 먹는 보름 옆에서 산호가 한마디 했다.

"일어나서 다행이야, 진짜로. 또 엄청나게 오랫동안 자서 내가 그걸 다 기다려야 하나 생각했다고."

"호수 아래서 잠들었던 것처럼?"

"그래."

"하지만 그때도 날 깨운 건 너잖아."

그리고 지금도.

그 말뜻을 산호도 알아챘는지 가만히 웃었다.

달에서 떨어져 내려온 이곳이 보름은 지옥인 줄로만 알았다. 하지만 어쩌면 그게 아니었을지도 몰랐다.

이곳은 새로운 세계였다. 보름이 새로운 가족을 만날 수 있는 세계.

그믐의 바다에 지는 것

깊은 산.

옛 원형이 그대로 남아 있는 산의 정상에는 호수가 하나 있었다. 잔잔한 호수는 밤하늘을 그대로 반사해 빛났다.

고요한 호수 옆으로 나무들이 움직였다. 아니, 나무가 움직이는 것처럼 보였다. 하지만 그것은 나무가 아닌 그만큼 거대한 몸집의 여자였다.

천천히 호수를 향해 움직인 여자는 선문이었다.

이 산이 있는 섬의 사람들이 선문대할망이라고 부르는 존재이자 태초 대지신 중 하나였다. 육지의 산신들과는 다르게 이곳에서는 아직도 산신의 영향력이 강했기에 선문 역시 여전히 강한 힘을 가지고 있었다.

선문이 일렁이는 호수를 가만히 바라보았다.

근래 들어서 뭔가 예감이 좋지 않았다. 이런 예감은 마고가 소멸한 뒤 처음 느끼는 거였다. 분명 이 땅에 그릇된 것들이 생겨났다. 하지만 그게 정확히 뭔지 알 수가 없었다. 올바른 방법으로 태어나지 못한 것들은 그 존재 자체가 부정했기에 그것들을 정체화하기 어려웠다.

"인간이 끼어든 게 분명한데……."

선문이 중얼거렸다.

인간은 신의 눈을 속일 수 있는 유일한 생명체였다. 그들은 신을 믿기도 했지만 배반하기도 했다. 저들이 가지고 있는 힘은 작지만 무궁무진했다.

산신들이 위험했다. 이미 이곳의 산신들은 이름도 모를 세력에게 한 번 소멸당한 적이 있었다. 그 후 산신들은 두 계파로 나뉘어 반목했고 그 사이를 비집고 뭔가가 끼어들었다.

"선문 님!"

누군가 이쪽으로 달려왔다. 거대한 뿔을 가진 흰 사슴이었다.

"아이야, 뛰다가 넘어지겠구나."

사슴은 선문의 산군이었다.

"선문 님, 산신들이 모였습니다!"

"산신들이 모였다고? 그게 무슨 말이지? 다음 산신회가 열릴 때까지는 시간이 좀 남은 걸로 기억하는데."

"산신회가 아닙니다. 저쪽 산신들이 모두 모여 저희 쪽 산신들을 공격하고 있다고 합니다!"

바람 한 점 없었는데 머리 위 나무들이 마구 움직였다. 나뭇잎끼리 부딪치는 소리가 불안한 음으로 울려댔다.

"뭐라고?"

사슴의 뿔이 흔들렸다.

흰 사슴은 제주와 모든 섬을 관장하는 산군이었다. 그가 이렇게 흔들리는 모습을 보이는 건 오래간만이었다.

"그게 무슨 말이지? 산신이 산신을 공격하고 있다고?"

"……예. 그렇습니다."

그렇게 대답하는 사슴의 눈동자에 불안이 가득했다.

"그럴 리가 없다. 아무리 계파가 갈려 있다고 해도 우리는 전부 이곳의 산신이다. 같은 산신을 대적하는 일은 생각할 수 없는 일이거늘!"

"이럴 때가 아닙니다. 도망치셔야 합니다! 저들을 돕는 이가 있습니다."

"돕는다고?"

선문은 자신의 예감이 맞아 들었다는 걸 깨달았다. 그리고 예상보다 저들이 훨씬 더 빠르게 움직였다는 것도.

"아무래도 오래전, 산신들을 대거로 소멸시켰던 자와 같은 이가 아닌가 싶습니다."

"마고가 소멸했을 때를 말하는 것인가?"

"예. 그렇습니다. 산신을 죽이는 방법이 그때와 똑같습니다,

선문 님."

사슴의 말에 선문의 얼굴이 굳었다.

"정기를 모두 빼앗겼다는 뜻인가?"

"예."

그때 소멸했던 산신이나 산군들은 가지고 있던 정기를 모두 빼앗겼다. 악랄한 방법이었다. 그들이 모은 정기가 남아 있다면 혹시나 되살아날 가능성이라도 있었을 텐데 그것마저 없었다.

"선문 님, 저들이 가진 힘이 상상 이상입니다. 일단은 다른 산신께도 이 사실을 전부 알리고 안전한 곳으로……."

"그럴 수는 없다."

사슴의 말이 끝나기도 전에 선문이 말했다.

"지금 도망친다고 해결될 문제가 아니다. 게다가 다른 산신들과 함께하고 있다면 아마 이쪽의 정보를 저들 역시 다 알고 있을 것이다. 도망친다고 해도 우리가 어디로 향할지 전부 알고 있을 거라는 뜻이지."

거기까지는 미처 생각하지 못했는지 사슴의 표정이 어두워졌다.

"그렇다면 차라리 일이 터진 지금 막아서는 편이 좋을 것이다."

선문이 하늘을 올려다보았다. 산신들의 운명이 어디로 흘러갈지 알 수 없었지만 곧 그 결판이 나리라는 생각이 들었다.

"나는 마고의 소멸에 빚을 졌다. 비록 그때는 내가 이곳에 없었다고는 하나, 그 전에 주의를 기울였다면 충분히 막을 수 있던 일일지도 모른다. 어쩌면 지금의 사건은 그때 그렇게 넘어갔던 일이 더 크게 되돌아온 것일 수도 있지."

그러니 선봉에는 자신이 서야 하는 게 당연했다.

"선문 님."

사슴이 뭐라 말하려 했지만 선문이 손을 들었다.

"이건 나의 결정이다. 이미 우리는 그때 다른 산신들을 잃었어. 이번의 분열을 그냥 두고 본다면 다음엔 이 땅에 산신들이 남아 있지 않을 것이다."

선문의 뜻이 그러하다면 막을 방법은 없었다.

사슴이 길게 울었다.

그 포효를 따라 이 산의 모든 것들이 곧 산신의 뜻을 알게 될 거였다. 그건 다른 산신들도 마찬가지였다.

휘익!

곧 사방에서 바람이 불었다. 저 먼 산에서 불어온 바람은 다른 산신들의 뜻을 품고 있었다. 바람을 읽어낸 선문이 고개를 끄덕였다.

"모두 함께하기로 했다."

"예, 그럼 모시겠습니다."

선문과 흰 사슴의 모습이 순간 사라졌다. 남은 건 고요한 호수뿐이었다.

"어때?"

보름의 물음에 산호가 고개를 내저으며 맞은편 자리에 앉았다.

"아무래도 여긴 아닌 것 같아."

둘은 저번에 보았던 '달과 뱀' 일당을 찾는 중이었다. 그때 클럽에 있었던 여자에게 들었던 정보대로 SNS 계정을 찾아보았지만 이미 그 계정은 삭제된 지 오래였다. 그들 역시 정보가 빠져나갔다는 사실을 알아챈 모양이었다.

"하지만 저들이 누구든 여기서 멈추지는 않을 거야. 저렇게 많은 사람이 모였고 그들은 거기서 원하는 것을 얻어내고 있으니까."

보름의 말에 산호 역시 동감했다.

"차라리 다른 산신들에게 물어보는 건 어때."

"다른 산신들?"

"그 산에서 이무기가 산신 역할을 하고 있었잖아. 빈 산에서 제가 주인인 것처럼. 난 이번 일이 분명 그때의…… 일과 관련이 있다고 생각하거든."

잠깐의 틈.

"그때라면 네 산신이 소멸했을 때를 말하는 거지?"

산호가 고개를 끄덕였다.

"하지만 물어볼 만한 산신들이 있긴 해? 다들 널 산군 취급도 하지 않잖아."

보름의 대답에 산호가 살짝 놀란 표정을 지었다.

"왜. 내가 그렇게 말할 줄은 몰랐다는 얼굴이네."

"……정말로 몰랐으니까."

보름이 어깨를 으쓱였다.

"산호 네가 언젠가 말했었잖아. 다른 산신들에게 어떤 이야기를 들었는지."

산신을 지키지 못한 산군.

그건 산호가 짊어지고 가야 할 무거운 과거였다.

'모시던 산신이 죽었다면 산군 역시 응당 따라갔어야지.'

차가웠던 목소리들이 떠올랐다.

'명예롭게 죽었어야 할 것이 이렇게 살아 있다니.'

'망할 징조다, 망할 징조야!'

그건 마고의 죽음을 알리고 다른 산신들에게 도와달라고 청했을 때 산호가 들었던 이야기들이었다.

산신을 지키지 못한 산군은 죽음으로 그 불명예를 씻어야 한다고.

그러나 산호는 죽을 수 없었다. 누가 마고를 그렇게 만든 건지 알아내야 했다. 산호에게 죽음은 복수 이후에나 생각할 수 있는 것이었다.

그래서 그런 소리를 듣고서도 계속해서 살아남았다. 그리고 마고가 소멸한 지 이백여 년이 흘러 선택한 산호의 새로운 신.

그믐의 바다에 지는 것 217

"네가 그런 소리를 듣는 거, 난 싫거든."

보름이 그렇게 말하며 산호를 보았다.

"넌 어쨌든 이제 내 산군이잖아."

내 산군.

그 말이 유독 산호의 귓가에 콱 박혔다.

"이런 말을 들을 줄은 진짜로 몰랐네."

"나도 이런 소리 할 줄 몰랐으니까 그냥 듣고 넘겨."

그렇게 말하며 보름이 딴청을 피웠다.

"삼 년인가?"

산호의 물음에 갑자기 무슨 소리를 하는 거냐는 듯한 표정으로 그를 보던 보름이 아, 소리를 내곤 고개를 끄덕였다.

"그렇지. 벌써 그렇게 됐네."

보름과 산호가 만나 함께 생활한 지도 삼 년이었다.

"집 구하는 것부터 안 맞는 게 많았었는데."

보름이 어이없다는 듯 입을 열었다.

"네가 집 근처에는 꼭 산이 있어야 한다며. 그래서 문제였던 거지, 나는 아무래도 괜찮았거든."

"산이 있으면 지하철역이 멀어진다고 싫어했잖아."

"그건 사실이니까. 걸어 다니는 거 귀찮다고. 너는 산 타는 게 기본이라서 잘 모르겠지만."

"운동도 하고 좋은 거지. 그래서 제일 큰 방을 당신에게 양보했잖아."

"양보? 그건 네가 산이 한눈에 보이는 창문을 가지고 싶다고 해서 그런 거지. 산이 뒷방에서만 보이는 걸 어떡해?"

"당신이랑 살기를 선택한 내 잘못이지."

"맞아. 어쨌거나 네 잘못이 크긴 해."

그렇게 말한 둘이 서로를 보곤 피식 웃었다.

삼 년의 시간은 참으로 빠르게 흘렀다.

보름과 함께한 삼 년은 산호에게도 잃어버렸던 숨을 다시 쉬는 시간 같았다.

인간 세계에도 신의 세계에도 끼지 못한 산호가 믿을 수 있던 존재. 그를 있는 그대로 받아준 이.

보름은 산호에게 유일한 구원이었다.

생각하지도 못한 방법으로 내려온, 대신 싸가지는 좀 없는 구원.

눈물에 젖은 보름의 눈을 봤을 때, 산호는 너무나 확실하게 알아차렸다. 혼자서 지내온 백 년도 넘는 시간보다 보름과 함께 한 삼 년의 시간이 더 큰 의미라는 것을.

"앞으로도 이렇게 살자고."

그건 너 없이는 사는 게 재미없을 거라는 말의 다른 표현이었다.

산호의 말뜻을 아는지 모르는지, 보름이 고개를 끄덕이며 말했다.

"그래. 이번 일을 다 마치면 셋이서 어디 여행이라도 가자.

네가 온 산에 한번 가보는 것도 좋겠지."

"내가 떠난 산이지만 동시에 당신이 잠들어 있던 호수가 있는 산이기도 하잖아."

"그러니까 가보는 것도 나쁘지 않겠다고. 꼭 그렇게 말 하나하나마다 트집을 잡아야겠어?"

"당신 말에 트집을 안 잡으면 뭔가 잊어버린 것 같거든."

"어쩐지 열받네."

"이번 일, 당신에게는 중요한 의미인 거지?"

산호의 물음에 보름의 표정이 달라졌다.

"응. 어쩌면 날 이렇게 만든 자들을 찾아낼 수 있을지도 몰라."

"그럼 확실하게 처리하자고. 후회 같은 거 남지 않게."

"그래야지. 자, 그럼……."

둘이 다시 자리를 옮기려던 찰나, 어디선가 커다란 소리가 들렸다.

산호가 본능적으로 고개를 들었다. 등골을 따라 소름이 돋았다.

"이건……."

너무 잘 아는 소리였다. 산군의 포효.

이 정도로 울릴 만큼 커다란 포효를 낼 수 있는 산군은 얼마 없었다. 그리고 포효 안에 깃든 뜻. 그것을 읽어낸 산호의 얼굴이 그대로 굳었다. 산호 말고 다른 산군의 포효에 대해 모르는 보름이 물었다.

"왜? 지금 난 소리 때문에 그래?"

산호가 보름을 쳐다보았다. 보름은 산호의 눈동자에 깃든 불안을 바로 알아차렸다.

"무슨 일이야?"

"산신들 사이에서 무슨 일이 난 것 같아."

"뭐라고?"

이어서 다른 포효들이 들려왔다. 산호가 벌떡 자리에서 일어났다.

"전쟁이 일어날지도 몰라."

그 대답에 보름이 숨을 크게 들이마셨다. 그러곤 한 박자 천천히 물었다.

"전쟁?"

"무슨 일인지는 가봐야 알 것 같아. 모든 산군과 산신은 모이라는 전언이야."

그 말에 보름도 자리에서 일어났다.

"그럼 가야지."

"뭐라고?"

"나도 산신이잖아. 산신들은 다 모이라며. 그럼 가야 하는 거 아냐?"

당연한 어조로 묻는 보름이었다. 하지만 산호는 머뭇거릴 수밖에 없었다.

"그건 그렇지만……. 위험할 수도 있어."

"나만큼 위험한 존재가 또 있나?"

장난기 섞인 대답이 돌아왔다.

"너도 가고 싶은 거잖아, 지금. 그러니까 가야지. 내가 너의 산신이긴 하지만 그건 너를 지배하려고 있는 자리가 아니야. 네가 필요한 곳이고 네가 가고 싶다면 가. 그게 내가 원하는 거야."

그렇게 말하는 보름의 눈동자는 밝게 타오르고 있었다.

산호가 주먹을 꽉 쥐었다.

"미안해."

"괜찮아. 나도 내 멋대로 할 거거든."

"그 말 들으니까 뭔가 맘이 놓이네. 든든한 것 같기도 하고."

"그러라고 있는 산신 아니야? 호랑이, 너 혼자 못 하는 일이 있을 때 도와주라고."

산호가 손을 내밀었다. 그걸 잠깐 보던 보름이 산호의 손을 잡았다.

담백한 악수였다.

☾

저 멀리 불타는 산이 보였다.

산불은 긴 띠처럼 천천히 이쪽을 향해 다가왔다. 부는 바람에 불티가 섞여 날아왔다. 모든 것이 타는 냄새.

현이 그 향기를 깊게 들이마셨다. 생명이 불에 타며 내는 향기만큼 좋은 것도 없었다. 연기는 밤하늘 위로 고요하게 퍼졌다. 연기 사이로 별들이 깜박였다. 마치 지금 이 땅 위에서 일어나는 일을 차마 볼 수 없어 눈을 감고 싶다는 것처럼.

달은 보이지 않았다.

쏴아아, 쏴아—

현이 서 있는 뒤쪽으로 짙푸른 검은 바다가 펼쳐져 있었다. 그 속내에 무엇을 숨기고 있는지 아무것도 보이지 않는 깊은 바다.

고개를 들고 바다 건너를 응시했다. 지금은 보이지 않겠지만 곧 모두가 알게 될 거였다. 무엇이 오고 있는지, 이제 누가 이곳을 지배할 것인지.

"이제 시작이다."

수평선을 바라보며 그렇게 말하는 현의 온몸에 긴장이 감돌았다. 팽팽하게 당겨진 근육, 가느다랗게 뜬 눈, 그 위를 흐르는 감각들.

아주 오랜 시간을 공들여 만들어낸 계획이 이제야 실제로 이루어질 예정이었다.

숨을 길게 내쉬었다.

처음 이곳에서 인간으로 태어났을 때의 일, 아무것도 모른 채 그믐을 만났던 것, 달에서 보름을 만나고 사랑에 빠졌던 것,

땅에 떨어진 보름의 분노를 고스란히 맞았던 일, 바다를 건너서 도망치고 그곳에서 인간이자 인간이 아닌 존재로 변한 것, 그리고 결국엔……

"다시 여기로 돌아오게 됐네."

시간은 김현을 더욱 단단하게 만들었다.

신이었다면 아무것도 아니었을 시간이었다. 그들은 원래 그렇게 길고 긴 영겁의 시간을 버티도록 만들어진 존재였으니까. 하지만 김현은 지극히 유한하고 짧은 시간을 사는 인간의 몸과 정신으로 몇백 년을 살아냈다.

죽고 싶었다. 그냥 모든 걸 다 포기하고 죽고 싶었던 적도 많았다.

"당신이, 그럴 수가 없게 만든 거야. 나를……."

이렇게 만든 건 보름 당신이야.

그 말을 얼마나 하고 싶었던지.

다른 건 이제 아무래도 좋았다. 긴긴 시간 동안 김현을 움직인 것은 오로지 보름에 대한 감정 하나였으니까. 이제는 뭐라고 이름 붙여야 할지도 모르는 감정이었다.

"뭐든 괜찮아. 다시 만나면 이제 그만큼 천천히 풀면 되는 거니까."

결국 보름이 있어야 할 자리는 이곳이었다.

"지금 옆에 있는 그 짐승 녀석을 얼마나 믿고 있는지, 한번 보자고."

그렇게 말하는 현의 입가에 미소가 피어올랐다.

"전부 준비되었습니다."

뒤에서 부하가 현에게 공손하게 상황을 알렸다.

"산신들은 어쩌고 있지?"

"다른 쪽 산신들은 선문을 주축으로 지금 모이고 있는 듯합니다. 저쪽 역시 지금 반격하지 않으면 더 이상의 기회는 없다는 걸 잘 알고 있을 테니 빠지는 이 없이 전부 모일 겁니다."

"'그' 산군은?"

현이 누굴 지칭하는지 알아차린 부하가 얼른 대답했다.

"예, 그자 역시 온 것으로 파악됩니다."

현의 눈동자가 어둡게 가라앉았다.

"확실하게 일 처리를 해야 할 거야. 내가 보여주고 싶은 것들이 많거든."

"알겠습니다."

저 멀리서 긴 울부짖음이 들려왔다. 비통에 찬 울음소리였다.

산신 중 하나가 소멸한 모양이었다. 그 소리를 들은 다른 산신과 산군들도 동요하는 게 느껴졌다.

소멸했어, 소멸했다고

산신들은 각자의 산 안에서 살아가는 이들이었기에 누군가의 소멸을 직접 볼 일이 없었다. 그저 소문으로만 다른 산신의 소멸을 들을 뿐이었다. 그리고 그 소멸은 지극히 자연스러운 순환의 일부였기에 별다른 감정이 들 리가 없었다.

하지만 지금은 달랐다.

같은 존재의 손에 죽어나가는 모습을 눈앞에 봤을 때, 침착함을 유지할 수 있는 이는 그리 많지 않았다.

"게다가 이 땅의 산신들은 유약하지. 곧 살려달라고 빌 것이다."

현 자신이 산신들을 죽이고 다녔을 때와 달라질 것도 없었다.

다만 그때엔 아직 그믐이 힘을 전부 되찾은 때가 아니었기에 할 수 있는 만큼의 산만 정리하고 다시 일본으로 되돌아가야 했다.

"이번엔 그 누구도 살아남지 못할 테지."

영원한 어둠이 이 땅에 당도할 거였다.

"현 님, 준비된 것들이 도착했습니다."

그렇게 말한 이는 현에게 마고의 정기를 받았던 어린 산신이었다.

현이 산신의 모습을 한 번 훑었다. 밝게 빛나던 산신의 눈동자는 이제 어둡게 가라앉아 있었다. 그만큼 산신의 힘은 더욱 강해졌다. 하지만 그보다 더 중요한 것을 잃어버렸다는 걸 산신은 영영 모를 거였다.

"그래, 이제 나머지 부분을 완성해야지요. 영원한 어둠께서 오시는 길을 만들기 위해."

검은 옷을 입은 자들이 산신의 뒤를 따라 등장했다. 그것들의 몸 어딘가엔 모두 뱀 모양 낙인이 있었다. 그들은 전부 맨발로 바닷가에 섰다.

"드디어!"

현의 얼굴에 만족스러운 미소가 번졌다. 그것들은 현이 길러낸 작품이었다.

아무런 말도 없이, 일렬로 선 이들은 파도의 소리에 귀 기울였다. 파도와 바다와 달의 이야기에 취한 인간들을 먹어치우고 자란 뱀들은 이제 충분한 힘을 가지고 있었다.

"아름답구나."

현이 자신이 만들어낸 뱀들을 보았다.

산신을 없앤 산마다 묻어놓았던 알에서 깨어난 뱀들은 몇백 년이 지난 지금, 그 쓰임새를 다하기 위해 여기에 모였다.

"이 마지막 주춧돌들을 만들기 위해 얼마나 심혈을 기울였는지."

그것은 일본과 한국, 두 곳을 이을 재료들이었다.

그믐이 이곳으로 강림하기 위한 단 하나의 방법.

"이제 백귀야행이 시작된다."

검은 신당에서부터 시작할 야행의 행렬.

그건 일본에서 '뱀과 달'을 따르는 모든 귀들이 함께 건너오는 거대한 파도와 같은 행렬이었다. 큰 귀들은 앞뒤에 서고 작은 귀들은 가마를 멜 것이었다. 그들은 검은 신당을 이고 지고 멘 채 천천히 이곳으로 건너올 예정이었다.

그 광경을 떠올린 현의 등골을 타고 소름이 돋았다.

"자, 그럼 마지막 진수(進水)를 시작하지."

현의 말에 가장 앞에 서 있던 이가 바다를 향해 걸었다.

파도가 여자의 맨발을 적셨다. 그러나 여자의 얼굴은 저 먼 바다를 멍하니 보고 있을 뿐이었다. 손에 등불을 든 채 여자는 계속해서 천천히 바다 안으로 들어갔다. 파도는 곧 종아리, 허벅지, 허리와 가슴께를 덮었다. 그러나 밀려오는 파도를 온몸으로 부수면서 걸음을 멈추지 않았다.

머리칼이 해초처럼 둥둥 떴다. 그러다가 어느 순간.

쑥.

둥근 머리통이 물 아래로 빨려 들어갔다.

파도 위에서 몇 번 솟구치던 머리가 결국엔 아래로 들어가 보이지 않았다.

그리고 다음. 그 뒤에 있던 이도 똑같았다. 바다 안으로 차례차례 들어가는 긴 줄. 소리도 없이 천천히 바다의 끝만을 바라본 채 사람들이 파도 사이로 사라졌다.

그건 고요한 공포였다.

누구 하나 비명을 지르지 않았지만 바다를 향해 줄줄이 나아가는 이들의 광경은 기묘하기 이를 데가 없었다.

"자."

현이 옆에 서 있는 산신을 보았다. 그러곤 손을 내밀었다.

"이제 차례가 되었습니다."

산신이 현의 손을 가볍게 붙잡았다. 소중한 것을 에스코트

하듯 현이 산신을 바닷가 쪽으로 데리고 갔다.

밤바다는 한 치 앞도 보이지 않을 만큼 어두웠다. 저 멀리서 들리는 것은 그저 파도 소리뿐.

"영원한 어둠이 내린 세계에서 깨어나길 믿습니다."

산신의 말에 현이 고개를 끄덕였다.

"그 믿음으로 되살아날 겁니다. 새로운 세계에서 만날 날을 기대하고 있겠습니다."

마지막으로 인사를 나눈 산신이 바다를 향해 걸어나갔다.

산신의 머리 역시 점점 바다에 잠겨 보이지 않았다. 현은 바다에 반쯤 몸이 잠긴 채 그 모습을 황홀하게 보았다.

저 산신은 마지막 주춧돌이 되어줄 거였다.

그리고 현이 기다리고 있는 이를 불러줄 미끼이기도 했다.

다시 바닷가로 천천히 걸어 나오면서 현이 붉은빛으로 물든 산 너머를 향해 고개를 돌렸다.

☾

도착한 곳은 정말로 난장판이었다. 사방으로 타오르는 불길, 산군들의 포효.

이런 광경은 보름도 처음이었다. 산신들이 데려온 영귀들마저 목숨을 걸고 싸우고 있었다. 나무와 사슴, 기린과 개구리, 토끼와 곰, 그보다도 작아서 눈에 보이지 않는 영귀들까지 전부.

보름이 고개를 내저으며 물었다.

"이런 게 이 시대에 가능한 일이야?"

산호가 다급하게 말했다.

"일단 내 뒤만 따라와. 지금 이 불길, 그냥 불이 아니야."

"그냥 불이 아니라고?"

"도대체 누군진 몰라도 정말로 이 땅 위의 모든 것을 다 끝내버리려고 작정한 모양이야. 스치면 당신도 다쳐."

보름의 얼굴에도 긴장감이 어렸다.

"설마 연옥의 불길을……?"

산호가 고개를 끄덕였다.

"맞아."

"도대체 어떤 미친놈이 그걸 이곳에 풀어놓은 거야!"

인간이 아닌 존재에게 상처를 입힐 수 있는 건 한정되어 있다. 그중 연옥의 불길은 저 깊은 지옥에서 영원히 타오르는 불길로 웬만한 잡귀들은 단번에 소멸시킬 수 있는 힘이 있었다. 이곳에서 엄청난 일이 벌어지고 있다는 건 확실했다. 지금까지 한 번도 일어나지 않은 무서운 일.

사방을 둘러본 산호가 입을 열었다.

"일단 선문 님을 찾아가야 해. 그래야 지금 상황에 대한 이야기를 들을 수 있을 테니까."

"알겠어. 그럼 네 뒤만 쫓아갈게."

"그냥 업혀."

"뭐라고?"

"난 호랑이잖아. 내가 당신을 업고 뛰는 편이 훨씬 더 빨라. 게다가 산에서는."

산호의 말이 맞았다. 지금은 괜한 투정을 부릴 때가 아니었다. 보름이 산호의 목에 팔을 감았다.

업힌 보름은 산호의 예상보다도 더 가벼웠다. 그냥 불면 날아갈 만큼. 그 정도의 무게로 지금까지 어떻게 살아온 건지 알 수가 없었다.

"간다."

이리저리 날리는 불씨와 저 멀리서 들리는 커다란 소리들을 헤치고 산호가 달리기 시작했다.

"꽉 잡아."

산호의 말에 보름이 손에 좀 더 힘을 주었다.

보름이 자신과는 상관없는 산신들의 전쟁에 끼기로 마음먹은 것은 산호가 그러길 바랐기 때문이었다. 산신들은 산호를 산군으로 인정해주지도 않았지만 산호의 마음은 늘 그곳에 있었다. 이런 일이 일어날 때 바로 달려오기를 결정할 만큼.

보름이 손을 들어 외쳤다.

"저기!"

불길 사이로 커다란 사슴뿔이 보였다. 산호가 미리 말해준 산군의 특징이었다. 보름의 외침에 산호가 그쪽으로 방향을 틀었다. 한달음에 달려간 산호가 그를 불렀다.

"산군님!"

그러자 커다란 뿔을 가진 사슴이 뒤를 돌았다.

그 옆에 있던 거대한 나무 역시 움직였다. 사슴 옆에 있는 나무가 누군지 금방 알아챈 산호가 얼른 머리를 숙였다.

"선문 님."

보름은 산호에게서 내려와 옆에서 가만히 그들의 모습을 지켜보았다. 이곳은 산군과 산신의 자리였다.

"작은 호랑이구나!"

산호를 알아본 선문의 얼굴에 놀라움이 스쳐 지나갔다.

"이게 대체 무슨 일입니까?"

산호의 질문에 선문이 빠르게 대답했다.

"저쪽 산신들이 다른 세력과 힘을 합쳐 우리들을 몰아내기로 마음먹은 모양이다. 지금 각각의 산에서 전투가 벌어지고 있어."

산호의 얼굴이 굳었다.

"다른 세력이란 건 대체 누굽니까? 산신들을 이렇게 반목시킬 수 있는 자가 있단 말입니까?"

"그때 우리가 놓쳤던 그자가 다시 등장한 모양이다."

순간 산호의 눈이 황금빛으로 일렁거렸다. 그걸 알아챈 선문이 잠깐 말을 멈췄다.

"……그러기에 부디 너만은 오지 않았으면 좋겠다고 생각했건만."

"그자라면 마고를 소멸시켰다던?"

그렇게 물은 건 옆에서 둘을 보고 있던 보름이었다. 선문이 보름과 산호를 번갈아 쳐다보다 입을 열었다.

"작은 호랑이야, 특이한 신을 모셨구나."

그 말에 보름이 눈썹을 살짝 들어 올렸다.

"힘 센 산신이라고 들었는데 역시 바로 알아보시네."

"제대로 인사할 시간이 없어서 안타까울 따름이군."

그때 선문의 옆으로 다른 산신이 다가왔다.

"선문, 지금 이러고 있을 때가 아니……."

산호를 알아본 산신의 얼굴이 험악해졌다.

"넌! 이미 산신회에서 추방당한 호랑이가 아니냐. 네가 어찌 이 자리에 있어?"

산신이 선문을 향해 외쳤다.

"선문! 이 자는 더 이상 우리 산신과 관련이 없네. 이런 자가 이곳에 있다니. 이곳은 확실히 믿을 수 있는 자들만 있어야 하지 않나. 저쪽에서 밀정을 보낸 거라면 어찌하지?"

"저는……."

이어지는 말들에 산호가 뭐라 말하려 입을 열었다. 그러나 보름이 한 박자 더 빨랐다.

"산신들은 꼰대가 많다더니 그 말이 정말이네."

"넌 또 누구지?"

산신의 물음에 보름이 그를 노려보았다.

"추방당한 이 호랑이의 새로운 산신이다. 산신 자리나 하나 꿰차서 꿀이라도 좀 빨아볼까 했는데 이런 취급을 받을 줄은 몰랐네."

"뭐라고?"

"지금 우리는 너희들을 도와주기 위해서 여기에 온 거야. 밀정? 말도 안 되는 소리를 하고 있어."

보름의 말에 산신이 선문을 노기 띤 눈으로 보았다.

"지금 저치들의 말을 믿는 거요? 어디서 굴러먹다 온 건지 모를 잡신과 제 산신을 잃은 산군을 다시 받아주자고?"

선문이 손을 들고 산신의 말을 막았다.

"지금은 그게 중요한 게 아니오. 우리가 싸워야 할 것들은 다른 곳에 있소."

"적어도 난 저자들을 산신과 산군으로 받아들일 수 없다는 뜻이오. 내가 지키고자 나선 데에는 이런 이유가 있지 않소!"

"야, 너 지금……."

뭐라고 소리치려던 보름을 산호가 막았다.

"보름."

산호의 말에 겨우 보름이 뒷말을 속으로 삼켰다. 선문이 그런 보름을 힐긋 한번 보았다. 어쩌면 이것 역시 운명일지 모른다는 생각이 들었다.

아주 오래전에 마고와 나눴던 이야기가 떠올랐다.

마고는 산신 중에서도 운명을 읽는 데 탁월한 능력이 있었다. 그렇기에 많은 인간들이 따랐고 그만큼 큰 힘이 있었다.

그런 마고가 자신보다 먼저 소멸할 거라고 선문은 상상하지도 못했다. 그러나 어쩌면 마고는 그때 이미 자신의 운명을 읽어냈을 수도 있었다.

'나중에 내 산군을 잘 부탁해.'

그렇게 말하던 마고의 표정이 어땠더라.

'그게 무슨 소리야 너 어디 가? 갑자기 네 산군을 왜 부탁하는 건데?'

'그냥.'

'실없는 소리. 우리 중에서 네가 가장 오래 이번 생을 지속할걸.'

그 말에 마고는 그냥 웃어 보였다. 어딘지 모르게 쓸쓸한 미소였다.

'나중에 내 말이 떠오르면 그때는 정말 내 산군을 지켜줘.'

지금이 마고가 말한 그때일지 몰랐다. 선문이 산호에게 물었다.

"작은 호랑이야. 대체 뭘 너의 신으로 받아들인 것이냐?"

그 물음에 보름도 산호를 바라보았다.

"……받아들인 게 아닙니다. 제가 선택한 것입니다. 제 마음이 그렇게 이끌었습니다."

스스로의 자유의지로.

나의 마음으로.

그믐의 바다에 지는 것　235

산호의 대답에 산이 일렁였다. 수군거렸다. 산이 놀랐다는 게 느껴졌다. 그러나 곧 선문 역시 산호가 무엇을 말하는지 알아챘다.

선문이 고개를 숙여 산호의 얼굴을 들여다보았다.

"그게 네가 정한 운명이냐?"

긴 머리칼과 아래로 흘러내린 잎사귀에 가린 선문의 얼굴을 산호로서는 읽어낼 수 없었다. 가려진 깊은 곳 안에서 차가운 공기가 흘러나왔다.

그 공기에 깃든 것은 이 세상에 속하지 않은 자의 향기.

산호는 자신이 누구를 앞에 두고 있는 건지 새삼스럽게 깨달을 수 있었다. 본디 신은 비정하고 차가운 존재라는 걸 잊어버렸다. 보름 같은 신은 보름밖에는 없었다. 거기에 익숙해져 있었던 것이다.

"마고는…… 고작 산군인 너를 많이 아꼈지. 그래서 이름까지 주었다. 알고 있느냐?"

"어떻게 모르겠습니까."

"이제 말해라. 이것이 네가 선택한 운명이냐?"

운과 명.

그것에 대해서 산호는 잘 알지 못했다. 지금껏 산호의 시간은 산신이 정해주는 대로 따라온 것들로만 가득 차 있었기 때문에.

그러나 이제는 선문이 묻고 있었다. 이것이 네가 선택한 운과 명이냐고.

산호가 보름을 보았다.

호수에서의 첫 만남, 함께하자던 약속, 같이 산 시간, 집, 그리고 눈물로 빛나고 있던 보름의 눈동자. 그 모든 것이 하나씩 꿰어 맞춰지면 거기엔 자신이 그린 운명이 있었다.

"······예."

"그렇다면 후회 없길 바라지."

"후회조차 제 것으로 만들 겁니다."

산호의 대답을 들은 선문이 다른 산신에게 말했다.

"나는 우리 역시 바뀌어야 할 때가 왔다고 생각하오. 그리고 이것이 그 첫 번째 단추가 되겠지. 산신회를 이끌고 있는 수장으로서 나는 이들을 받아들일 것이오."

산신이 차가운 어조로 입을 열었다.

"선문, 당신의 결정이 지금 우리 산신들을 어디로 이끌어갈지 내가 똑똑히 지켜보도록 하지. 그럼 난 이 전투에서 빠지겠소. 우리는 서로 원하는 목적이 다른 듯하군."

그 말을 남긴 채 산신이 자리에서 사라졌다.

뒤에 서 있던 그의 산군, 나비가 커다랗게 날갯짓을 했다.

선문의 산군인 사슴이 조그맣게 속삭였다.

"몇몇 산신들이 반대 의사를 표명하고 전투에서 물러났습니다."

사슴의 눈은 산호를 향해 있었다. 이것이 누구의 탓인지 확실히 알고 있으라는 듯.

"우리에게 감사해야겠네?"

그렇게 말한 건 보름이었다.

"이런 일로 여기서 빠질 거라면 어차피 이 자리에 있었더래도 별다른 도움도 안 됐을 놈들 아냐. 언제 도망칠 수 있는지 그거나 보고 있었을걸. 안 그래, 선문 씨?"

보름이 산호를 한번 돌아보곤 말을 이었다.

"우리가 저들 몫을 다 채워줄게. 그러려고 내가 여기에 온 거니까. 산신으로서 해야 할 몫을 다하기 위해서."

자신감 차 있는 말에 선문이 피식 웃었다.

"좋다. 그 말대로 할 수 있길 바라지."

"두고 봐. 내 호랑이에게 고마워해야 할 테니."

거기까지 말한 보름이 산호에게 손짓했다.

전세가 기울고 있는 쪽으로 쏜살같이 달려가는 둘의 모습을 보며 선문이 말했다.

"우리도 해야 할 일을 하자꾸나."

검은 배트를 든 보름은 물 만난 고기처럼 움직였다.

공격할 때마다 번쩍거리는 번개가 보름의 온몸을 휘감았다. 산신들은 보름의 적수가 될 수 없었다. 몇 년 동안 거의 매일같이 악귀들을 상대하며 싸워왔던 보름에 비하면 산신들은 곱게 자란 이들이었으니까.

"산호!"

보름의 부름에 산호가 바로 움직였다. 보름이 잡아놓은 산신을 산호가 그대로 급소를 찍었다.

"산군 따위가……."

공격을 받은 산신이 아래로 푹 쓰러졌다.

쓰러진 산신을 보름이 받아 바로 준비된 곳으로 보내버렸다. 반대편에 서 있는 자들을 막아내되 소멸시키지는 말자는 것이 선문이 내린 권고 사항이었다.

"자, 다음!"

보름이 바로 다음 타깃을 잡아 움직였다.

그동안 악귀들을 상대할 때는 고려해야 할 것들이 많았지만 지금은 그렇지 않았다. 거리낄 것이 없는 곳에서 보름의 움직임은 더욱 호쾌하고 머뭇거림이 없었다.

쾅!

배트에서 시작된 폭발음에 보름에게 달려들려던 작은 영귀들이 모조리 뒤로 나자빠졌다.

"나와! 이런 것 뒤에 숨어 있지 말고!"

그렇게 말하는 보름의 얼굴은 흥분에 물들어 있었다.

뒤에 숨어 있던 산군 하나가 이쪽으로 뛰어오는 걸 알아차린 산호가 그대로 목을 물었다.

"조심하라니까."

산호의 말에 보름이 씩 웃었.

그믐의 바다에 지는 것 239

"알고 있었어. 네가 해치워줄 거라고."

"너무 믿는 거 아니야?"

"내 산군이면 이 정도는 해야지. 내가 그렇게 큰소리를 쳤는데."

이쪽으로 다가오는 적들을 둘이 서로 등을 맞댄 채 노려보았다.

"내가 치라고 한 큰소리도 아니거든. 당신이 입만 살아서 그런 거지."

"이렇게 선 긋기 있어?"

휙.

적들을 향해 움직인 둘이 서로의 사각지대를 완벽하게 커버해주었다. 보름이 왼편을 맡으면 산호가 오른편을 맡아 돌았다.

"산호, 뒤!"

보름의 경고에 산호가 몸을 숙여 뒤로 움직였다.

"잡았다."

그리고 이어지는 보름의 공격.

또 다른 산군 하나가 땅바닥으로 쓰러졌다. 보름이 씩 웃었다.

"우리 생각보다 호흡이 나쁘지 않은데?"

"삼 년이나 같이 살았으면 이 정도는 해야 하는 거잖아."

"칭찬 한 번을 안 해주네. 누구는 지금 본인 때문에 여기까지 나와서 개고생을 하고 있는데 말이야."

"지금까지 내가 당신 때문에 한 고생에 비하면 고생도 아니거든?"

"그렇게 말하면……."

보름이 배트를 커다랗게 스윙했다.

배트의 끝을 따라 방출된 힘이 그대로 적들을 쓰러뜨렸다. 그러고 나서야 보름이 말을 이었다.

"내가 할 말이 없잖아."

"그래도 내가 선택했으니까. 어쩔 수 없지, 이젠."

"아까 말했던 거, 진심이야?"

여전히 몸을 움직이며 보름이 물었다.

"어떤 거?"

"네 마음이 이끌었다는 거."

반대편의 적들을 해치운 보름이 이쪽으로 돌아왔.

가까이 다가온 보름의 눈동자가 산호와 마주쳤다. 그때처럼 눈물이 그렁그렁하지도 않았는데 이상하게 산호는 보름의 눈을 쳐다볼 수가 없었다.

"혹시 몰라서 물어보지 못했는데 난……."

보름 뒤로 다가온 적을 산호가 재빠르게 해치웠다. 보름이 고맙다는 눈짓을 보냈다.

"뭘 물어보지 못했는데? 그것도 당신이?"

"나라고 모든 걸 다 직설적으로 물어보지는 않거든."

거기까지 말한 보름이 말을 골랐다.

"그러니까, 그게 궁금했다고. 네가 나를 산신으로 고른 이유

말이야. 그때 내 상태 때문에 어쩔 수 없이 날 산신으로 선택한 게 아닌가 생각했거든."

보름의 말에 산호가 눈썹을 바로 찌푸렸다.

"내가 그렇게 마음이 넓은 사람, 아니, 산군처럼 보였어? 의외인데."

"마음 넓잖아. 아까도 다른 산신에게 말도 안 되는 이야기를 들었는데도 아무 말도 못 하고."

"말을 못 한 게 아니라 해도 달라질 게 없어서 그런 거야. 게다가 내가 하고 싶은 이야기는 당신이 먼저 다 해버렸으니까."

"그래서 좋았지?"

공격과 공격 사이로 들어오는 진짜 공격.

피할 틈도 없이 속수무책으로 그 질문에 맞아버렸다. 산호가 잠깐 숨을 고르다가 입을 열었다.

"……좋았지."

사이에 숨겨놓은 진심.

"그리고 어쩔 수 없이 선택한 거 아니야. 물론 상황적 도움이 있긴 했지만……."

다시 한번 밀려드는 적을 향해 산호와 보름이 각자의 방향으로 나아갔다. 유려하게 움직이는 둘의 조합에 적들은 손쓸 틈도 없이 주저앉고 말았다.

그리고 다시 가운데로 되돌아오는 둘.

산호와 보름이 서로의 눈을 바라보았다. 그건 마치 춤이라도 추는 것 같았다. 서로를 믿고 있어야만 가능한 춤.

"당신이라면 내 산신으로 정말 괜찮다고 생각했어."

"최고의 칭찬이네, 그거."

보름이 활짝 웃었다.

사방이 불에 타고 있는데도 그 미소는 그냥 아름다웠다. 산호는 자신이 미쳤다고 생각했다. 그러지 않고서야 아름답다는 생각이 들 수는 없었으니까.

"그럼……."

뭔가 말하려던 산호가 고개를 들었다. 산호의 황금색 눈동자가 커다랗게 열렸다.

그의 표정이 굳은 걸 본 보름이 옆에서 물었다.

"왜 그래?"

산호는 대답하지 못했다.

그럴 리가 없었으니까. 하지만 지금 느껴지는 이 힘은 분명.

심장이 두방망이질을 쳤다. 오로지 산호만이 알아챌 수 있는 감각. 자신이 꿈을 꾸고 있는 건지 헷갈렸다.

"산호?"

그러나 눈앞에 보이는 보름의 얼굴이 지금 이게 현실이라는 것을 알려주었다.

"무슨 일이야?"

보름이 산호의 손을 잡았다.

분명 현실이었다.

그러나 지금 산호의 온몸을 잡아당기는 이 감각들. 그건 꿈만 같았다. 그 힘이 뻗어나온 쪽을 돌아보았다. 이백 년도 넘게 지났지만 그분의 힘을 알아보지 못할 리가 없었다.

"마고."

산호의 입에서 그 이름이 흘러나왔다.

"마고가 왔어."

"뭐라고?"

"지금 느껴지는 이 감각, 분명히 마고 님이야."

어떻게 된 건지 깊게 생각할 수 없었다. 산호가 먼저 달려나갔다.

"산호!"

그 뒤를 보름이 쫓았다.

☾

몇 개의 산을 넘은 건지 몰랐다. 불길을 거스르고 앞을 막는 적들을 헤치워 마침내 절벽에 다다랐다.

까마득한 아래로 펼쳐진 것은 바다.

새카만 파도가 치는 바다였다.

"여기에, 마고가 있다고?"

사방을 둘러보던 산호의 눈에 뭔가 들어왔다.

저 멀리 바다 위에서 깜박이는 불꽃들. 점점이 움직이는 불꽃들은 일렁이다가 곧 파도 사이로 밀려 보이지 않았다.

산호가 바다를 향해 뛰어갔다.

쏴아아, 쏴아—!

파도가 치는 소리가 커다랗게 났다.

"마고 님!"

산호가 그 이름을 애타게 불렀다. 사방을 둘러보아도 마고의 모습은 보이지 않았다. 그러나 느껴지는 힘만큼은 확실했다. 산호 자신이 마고의 힘이 어떤 느낌이었는지 잊어버릴 리가 없었다.

"마고 님! 어디 계시는 겁니까!"

산호의 부름에 누군가 모습을 드러냈다.

"드디어 오셨군."

그러나 나타난 건 마고가 아니었다. 검은 비단으로 얼굴을 가린 낯선 남자였다.

김현이 산호 앞으로 다가섰다. 그에게서 위험한 분위기가 풍겼다. 산호 역시 그걸 알아차리곤 경계심을 드러냈다. 그러나 김현은 머뭇거림이 없었다. 이미 모든 걸 다 알고 있다는 듯한 움직임이었다.

"내가 그동안 그쪽한테는 고마운 게 많아서 말이야. 한 번은 꼭 얼굴을 직접 보고 싶었어."

나긋나긋한 목소리. 그러나 그 안에 깃든 감정은 깊고 깊었다.

"산군으로 태어난 주제에 생각보다 오래 살아남았구나. 그날 이후 신경도 쓰지 않고 살았는데."

"그날?"

산호가 되물었다.

"그래서 그동안은 재밌었니? 되지도 않는 정의로운 신 역할을 하며 잡귀를 잡는 놀이 말이야. 그러다가 분에 맞지 않는 옷까지 입은 것 같은데."

"넌 누구냐. 뭘 알고 지껄이는 거지?"

현이 가볍게 웃었다.

"내가 뭘 알고 있느냐고? 글쎄, 생각보다 여러 가지를 알고 있지. 예를 들면 네 산신이 죽을 때 어떤 표정을 지었는지, 반쯤 죽어 있던 너는 어떻게 울고 있었는지, 이런 거?"

"뭐라고……?"

현이 웃으면서 답했다.

"다 들었으면서 왜 또 물어? 아니면 한 번 더 듣고 싶은 거야? 마고였나? 그 이름이. 그래도 걘 참 산신다웠어. 마지막까지 살려달라고 빌지 않았으니까. 그래서 죽일 때도 더 재밌었지."

그 말에 산호가 김현을 잡으려 움직였다.

하지만 손을 뻗은 그 자리엔 아무것도 없었다.

'어느새?!'

등 뒤에서 누군가 톡톡 산호를 두드렸다.

"산군이라며. 호랑이라면서 이렇게 느려도 돼? 아니면 이제는 한물간 건가?"

"너, 대체 누구지?! 어떻게 감히 마고 님의 이름을 입에 담는 거야!"

산호의 공격을 현이 정면에서 막았다.

"고작 이 정도 힘으로 우리를 막겠다고 여기까지 온 건 아니겠지?"

쾅!

현의 손에서 뻗어 나온 힘에 밀린 산호가 백사장 위를 뒹굴었다.

생생한 아픔이 느껴졌다. 실로 오래간만에 느끼는 고통이었다.

"어때? 아파?"

뒹구는 산호를 향해 현이 물었다. 그의 얼굴엔 흥미로움이 가득했다.

"몇몇 산군들을 만나보긴 했지만 너 같은 산군은 없더라고. 과연 얼마나 버틸지 궁금하네."

현이 발로 산호의 손가락을 지그시 눌렀다.

"만나면 손끝 발끝부터 차례대로 다 씹어 먹어버리려고 했는데."

"그건…… 내가 할 소리다!"

산호가 다리로 현의 발목을 그대로 돌려 찼고 그가 삐끗한 순간을 노려 다시 일어나 공격했다.

휙!

산호의 공격을 겨우 피한 현의 얼굴에서 검은 비단이 떨어졌다. 가려져 있던 현의 얼굴을 본 산호가 이를 꽉 깨물었다.

"역시 너였구나."

현이 누군지 곧바로 알아보았다. 잊을 수가 없었다. 저 얼굴, 마고를 죽인 그 사람.

"지금껏 널 찾아다녔는데. 이렇게 나타날 줄이야."

"난 너 같은 건 이제 거들떠보지도 않을 줄 알았거든. 그런데 이렇게 얽힐 줄은 몰랐지. 내가 귀찮아서 살려둔 그 조그마한 고양이가 감히 내 것을 넘보다니."

현의 말에 산호가 눈썹을 찌푸렸다.

"넘봤다고?"

콱!

눈 깜빡할 사이에 앞에 다가온 현이 산호의 목을 잡았다.

"그래. 함부로 손도 대지 못할 것에 손을 대고 눈에 담고."

후.

현의 입에서 흘러나온 숨이 산호의 머릿속을 멍하게 만들었다. 현의 손을 떼내려던 산호의 움직임이 툭 멈췄다.

"네까짓 게 감히……."

산호의 얼굴을 들여다보는 현의 눈길이 송곳처럼 날카로웠다.

"나의 달 옆을 꿰차?"

"그게, 무슨, 말이냐고."

산호가 겨우 고개만 돌려 현을 쳐다보았다.

둘의 시선이 맞부딪쳤다. 현이 이를 드러낸 채 산호의 귓가에 조용히 속삭였다.

"보름."

그 이름이 차가운 공기에 섞여 산호의 귀에 부서졌다.

깨진 이름의 조각들이 부딪쳐 나는 소리까지 들릴 것만 같았다. 산호의 심장이 차갑게 내려앉았다. 이자는 산신들을 죽이고 다녔다.

"설마."

"넌 이제 보름의 옆에 있지 못해. 그게 네 운명이거든."

"안 돼. 내 산신을 또다시 네 멋대로 하게 두진 않을 것이다!"

온몸의 힘을 모은 산호가 겨우 현의 손에서 벗어났다. 그러나 온몸에 퍼지는 강력한 고통에 제대로 서 있지도 못할 정도였다.

"그래? 하지만 지금의 넌 날 막을 수도 없을 것 같은데."

빙글빙글 웃으면서 현이 산호를 보았다. 천천히 이쪽으로 다가온 현이 겨우 서 있는 산호의 얼굴에 그대로 주먹을 날렸다.

커다란 소리와 함께 산호가 다시 한번 뒤로 나뒹굴었다. 그런 산호를 보며 현이 쯧 혀를 찼다.

"이 정도로 지금 나를 막아보려고 한 거야? 실망인데."

쓰러진 산호 위로 올라탄 현이 그대로 주먹질을 했다.

힘이 실린 주먹이 그대로 산호의 얼굴을 직격했다. 그건 순

수한 분노가 묻어 있는 공격이었다. 산호가 손을 들어 현의 어깨를 잡으려 했지만 그것조차 쉽지 않았다.

"네가 어떻게 보름을 꼬신 건지는 모르겠지만 그냥…… 여기서 죽어."

웃는 얼굴로 현이 산호의 귀에 속삭였다.

"그때 죽였어야 했는데 내가 그래주질 못해서 미안해. 네 산신과 함께 보냈어야 하는데 말이지."

"마고 님의 이야기를, 들먹거리지…….”

말이 끝나기도 전에 현이 공격했고 산호의 머리가 그대로 옆으로 젖혀졌다. 산호의 얼굴은 피범벅이었다.

"그러니까 끼어들지 말았어야지. 산군 주제에 머리도 안 돌아가면서, 어떻게 살아남은 거야?"

현이 품 안에서 검을 꺼내 들었.

새카만 날에 번득이는 빛이 어렸다.

"어차피 이제는 죽을 거니까 상관없나?"

치켜든 검.

떨어지는 손.

"멈춰!"

뒤에서 들려온 목소리에 현의 손이 뚝 그쳤다. 천천히 돌아보는 현의 얼굴에 커다란 웃음이 퍼져나갔다.

"……설마 했는데."

어둠 속에서 보름이 모습을 드러냈다.

보름을 보는 현의 눈동자가 번득였다. 그건 욕망으로 가득 찬 눈빛이었다. 지금이라도 당장 앞에 있는 걸 손에 넣고 싶어 죽겠다는 표정.

"현."

자신의 이름을 부르는 보름의 목소리에 현이 함박웃음을 지었다.

그러곤 쓰러져 있는 산호는 관심도 없다는 듯 그 자리에 내버려둔 채 보름에게 향했다.

"날 기억하는군요?"

현이 보름을 향해 한 발 한 발 나아갔다. 오로지 보름만을 향한 현의 얼굴은 환희로 가득 차 있었다.

"역시 보름 당신도 날 잊지 못한 거지요?"

"네가 왜 여기에 있지?"

보름은 현의 물음에 대답하지 않았다. 그러나 현은 굴하지 않았다. 그는 보름이 지금 자기 앞에 있다는 사실 하나만으로도 흥분에 가득 차 있었으니까.

"보고 싶었어요."

그 말에 보름이 움직임을 멈췄다.

"당신이 정말로 깨어나지 못하면 어쩌나 걱정했어요. 난 몇 백 년을 오로지 당신만을 기다려왔는데."

"기다려왔다고? 네가 나를?"

"당신이 아니라면 내가 왜 지금까지 이러고 있다고 생각해요? 난 인간으로서는 너무 오래 살았죠. 못 볼 꼴을 많이 봤다는 뜻이에요. 그런데도 불구하고 내가 지금까지 살아남은 이유는……."

현의 눈동자에는 고스란히 보름만이 비쳤다.

"오로지 보름 당신 때문이에요."

그건 맹목적이고 일방적인 감정이었다.

보름마저도 김현의 그런 대답에 놀란 모양이었다.

"뭘 그렇게 놀라나요, 나의 달. 나는 처음부터 늘 같은 마음이었는데."

"헛소리하지 마. 넌 날 처음부터 속였어. 그리고 지금도 마찬가지고."

그 말에 현이 마음 아프다는 표정을 지어 보였다.

"오백 년도 넘었나요. 우리가 이렇게 서로 얼굴을 본 지."

정말로 그랬다.

그래서 이 상황에 보름은 더욱 정신 차릴 수가 없었다. 산신들의 전쟁을 막기 위해 온 곳에서 김현을 만날 거라곤 생각하지 못했으니까.

"네가 왜 여기 있는 거지?"

그 말에 현이 희미하게 웃었다.

"왜요. 신도 아닌 나는 여기 있으면 안 되는 건가요?"

그때 뒤에서 일어난 산호가 현을 공격했다.

그러나 공격당한 것은 현이 아니었다. 뒤도 돌아보지 않은 채 현이 산호에게 검을 꽂아 넣었다.

"……컥!"

현의 눈은 여전히 보름에게 붙박여 있었다.

"산호!"

보름이 산호의 이름을 불렀다.

그 광경을 보는 현의 눈에 불이 튀었다.

"지금 내 앞에서 이 짐승 녀석을 걱정하는 거예요? 정말로?"

"네가 뭔데. 나에게 넌 그냥 날 배신한 인간 그 이상도 이하도 아니야."

차가운 보름의 대답에 현의 입술 끝이 살짝 올라갔다.

"그래요? 정말로 그렇게 생각해요?"

"넌 선택할 기회가 있었어. 그것마저 모르는 척하려는 건 아니겠지? 내가 네 말을 믿고 이 땅에 내려오기 전까지 넌 나에게 사실대로 말할 시간이 아주 많았다고!"

그렇게 외치는 보름의 얼굴은 수많은 감정으로 얼룩져 있었다.

"말했다면 뭐가 달라졌을까요?"

그에 비해 현은 침착한 얼굴이었다. 이미 수백 번도 더 이 질문에 대한 대답을 생각해온 것 같았다.

"뭐라고?"

"내가 말했더라면 당신은 어떻게 했을까요. 감히 인간이 신을 속이려 했다는 것에 충격을 받곤 그대로 나를 내쳤겠지요. 당신은 인간에 대해서는 아무것도 모르는, 진짜 신으로 태어난 존재였으니까. 그렇지 않나요?"

현의 물음에 보름은 아니라고 할 수 없었다.

아마 그랬을 것이다. 신으로 태어나 신으로 자란 보름에게는 스스로를 지키는 것이 가장 먼저였으니까.

현이 슬픈 미소를 지었다.

"난 당신을 정말로 사랑해요. 그래서 어떻게든 당신의 옆에 있을 수 있는 방법을 생각해내려 애썼어요."

"지금 그게 날 속인 이유라고 말하는 거야?"

"당신이 월신의 자리에 오르고 내가 속였다는 걸 알아차렸다면 난 당신의 손에 죽는 것밖에 더했겠어요? 그래서 난……내가 당신을 영원히 가질 수 있는 방법을 선택할 수밖에 없었어요."

"그게 날 사랑한 거라고?"

"말도 안 된다는 얼굴이로군요, 나의 달. 하지만 난 이미 당신과 사랑에 빠진다는 말도 안 되는 상황을 한 번 겪어보았습니다. 당신 때문에 이미 내 인생은 완전히 파괴되었어요. 그러니 말도 안 될 게 또 뭐가 있겠습니까."

"미쳤어."

"네, 맞아요."

현의 대답에는 머뭇거림도 없었다. 보름이 저도 모르게 고개를 내저었다.

"다른 누구도 아닌 당신이 나를 이렇게 만든 거예요. 그러니 한번 보세요. 당신이 만든 내가 어디까지 할 수 있는지."

"너, 또 뭘 하려고!"

보름이 소리쳤다.

현이 몸을 돌려 산호에게 박아 넣었던 자신의 검을 가차 없이 뽑았다.

촤악—!

뽑힌 검을 따라 산호의 붉은 피가 바닷가 모래 위로 흩뿌려졌다. 보름이 멍하니 그것을 바라보았다.

아팠다. 보름 자신이 찔린 것보다 더 아팠다.

"산호, 조금만 기다려. 내가……."

쓰러진 산호에게 가려던 보름의 앞을 현이 막았다.

"내가 당신을 배신했다고 했지요. 그럼 이 짐승이라고 다를 바가 있을까요?"

"뭐라고?"

"당신께서는 이 짐승을 얼마나 믿으시는지요?"

그 질문에 보름이 산호를 보았다.

산호의 황금빛 눈동자. 그는 자신의 산군이었고 자신은 그의 산신이었다. 그의 마음으로 택한 산신.

"이자 역시 당신을 배신할 겁니다."

"아니, 그럴 리 없어."

"그렇게 믿으실수록 상처만 더 크실 텐데요."

거기까지 말한 보름이 배트를 꺼내 들었다.

그믐의 바다에 지는 것

"이제 그만하자."

그 말에 현의 낯빛이 달라졌다.

"그만하자고요? 대체 무엇을요? 당신은 아무것도 그만두게 만들 수 없습니다! 나는 이제 시작이에요. 당신을 다시 만나는 이 순간을 얼마나 기다려왔는데 어찌 그만하자고 말씀하실 수가 있습니까?"

커다랗게 외친 현이 숨을 가다듬었다.

보름의 배트와 현의 검이 강렬한 소리를 내며 맞부딪쳤다. 순간 보름의 눈이 커졌다.

"이건."

현의 검에서 느껴지는 익숙한 파장.

그건 보름이 사용하는 달의 힘과 똑같은 것이었다.

"……그믐?"

보름이 놀란 순간을 현은 놓치지 않았다. 그의 칼끝이 보름의 머리카락을 스치고 지나갔다. 검은 머리칼이 아래로 떨어졌다.

"그믐은 어디에 있는 거지?!"

현에게 힘을 빌려준 게 그믐이라면 그믐 역시 어딘가에 있을 게 분명했다.

"걱정하지 마세요. 그믐 님 역시 이쪽으로 '오고' 계시니까요."

"온다고?"

"그믐 님께서도 당신을 보고 싶어하십니다. 이젠 모든 것이 다 갖춰졌거든요."

그때, 현의 뒤로 산호의 모습이 드러났다.

"헛소리 집어치워!"

산호의 날카로운 발톱이 현을 파고들었다. 찢긴 옷과 살점이 아래로 떨어졌다. 작은 신음성이 현의 입에서 흘러나왔다. 공격당한 현이 산호를 향해 고개를 휙 돌렸다.

"산군이라서 그런지…… 끈기만큼은 인정해줘야겠군."

보름이 피범벅이 된 산호에게 달려갔다.

"산호! 괜찮아?"

산호가 힘겹게 고개를 끄덕이며 물었다.

"저자는……."

보름이 짧게 대답했다.

"네가 생각하는 게 맞아. 내가 이곳에 떨어지게 된 계기지. 하지만 인간으로서 넘지 말아야 할 선을 넘은 것 같아. 그동안 우리가 정체를 제대로 짚어내지 못했던 것도 이것의 본질은 인간이었기 때문이지. 산신이나 산군이었다면 바로 알아차렸을 텐데."

신과 귀도 아닌 인간이 이 세계에 발을 들이고 있을 줄은 그 누구도 몰랐을 것이다.

"저자가 바로 마고 님을 소멸시킨 자다."

산호의 말에 보름의 눈이 커졌다.

"그럼, 그때 산신들을 죽이고 다닌 자가 현이었다는 거야?"
"그래."
비척비척 일어나는 현을 향해 보름이 외쳤다.
"너, 이 모든 일을 벌이고도 어떻게……!"
"사랑한다니까요. 당신을 사랑하려면 이 정도는 해야 하는 거잖아요."
또다시 사랑이었다. 옆에 있던 산호가 말했다.
"보름, 저자의 말은 듣지 마."
보름 역시 잘 알고 있었다. 현이 지금 하는 말은 전부 변명에 지나지 않는다는 것을. 보름이 천천히 앞으로 나섰다. 자신이 처리해야 할 일이었다.
"뭐, 듣고 싶었던 말이긴 했어. 오백 년도 더 전에 해줬으면 좋았을 테지만."
위아래로 현을 훑었다. 어디를 어떻게 공격해야 할지 빠르게 계산했다. 뒤에 있던 산호 역시 함께 공격 태세를 취했다.
쏴아아―!
현의 뒤로 검은 파도가 쳤다. 산호가 흠칫 몸을 떨며 고개를 들었다. 파도 소리 사이로 익숙한 마고의 기운이 흘러나왔다.
"마고……."
그건 저 바다 안에서 흘러나오는 것이었다.
산호의 눈동자가 흔들렸다. 그걸 본 현이 작게 웃었다.
"이제야 알아차린 모양이네?"

산호가 이를 꽉 깨문 채 물었다.

"너, 마고 님에게 무슨 짓을 한 거냐."

"넌 내가 그 산신을 이미 소멸시켰다고 생각했지. 하지만 뭔가 이상하지 않아? 산신이 소멸하면 그 뒤를 이을 신이 태어나야 하는데 마고의 산은 지금까지도 텅 비어 있잖아."

"하고 싶은 말이 뭐야!"

"너의 산신을 만나게 해준다는 말이다."

산호의 움직임이 멎었다.

"뭐라고……?"

"네가 지금까지 기다려온 게 그거 아니야? 너도 이 기운을 느꼈을 텐데."

현의 시선을 따라 산호의 시선도 검고 깊은 바다로 향했다.

"네 산신은 지금 저 바다 안에 있다."

그 말을 듣는 순간, 산호는 그대로 숨이 멎어버릴 것만 같았다. 지금까지 마고를 찾기 위해 지내왔던 모든 순간들이 한꺼번에 떠올랐다.

그런 산호를 보며 현이 키득키득 웃었다.

"지금 구하지 않으면 정말로 소멸해버릴지 몰라. 지금껏 살려둔 보람도 없게."

"그럴 리가 없잖아……."

저자의 말을 믿으면 안 됐다. 그러나 산호의 마음은 미친 듯이 흔들렸다.

마고가 저기에 있다. 소멸한 줄로만 알았던 자신의 산신이 저곳에 있었다.

단 한 번이라도, 꿈에서라도 좋으니 만나길 바랐다. 해야 할 말들이 있었다. 정리하지 못해 그대로 굳어버린 마음들이 있었다. 풀지 않으면 영원히 흘러가지 못할 시간들이 있었다.

"어떻게 할 테지?"

현의 물음에 대답하지 못한 산호의 손이 덜덜 떨렸다. 보름 역시 그것을 알아차렸다.

"산호."

보름의 부름에 산호가 겨우 고개를 들어 눈을 맞췄다.

눈빛만 봐도 알 수 있었다. 그 사실이 지금 이렇게 아프게 다가올 줄 몰랐다. 산호의 온몸을 감싸고 있는 건 그가 떠나보내지 못한 과거였다.

보름 자신이 그랬던 것처럼 산호 역시 과거에 그대로 못 박혀 움직일 수가 없었다. 그게 얼마나 힘든 건지 보름은 너무나 잘 알았다.

"보름, 아니야. 난……."

산호가 고개를 내저었지만 그의 진심이 어디를 향해 있는지 보름의 눈에는 환히 보였다. 그의 진짜 산신은 지금 저 바다 안에 가라앉아 있었다. 그리고 지금 계속해서 산호를 불렀다.

현의 얼굴에 더욱 짙은 미소가 번졌다.

"내가 당신을 배신했다고 했지요. 결국 이 짐승 역시 그렇게 될 겁니다, 보름. 당신에게 다시 되돌아오는 건, 그래서 영원히 남을 건 나뿐이에요. 저 짐승은 당신을 배신할 겁니다."

현이 나지막이 말했다. 산호가 외쳤다.

"아니야! 보름, 난 당신을 배신하지 않아. 내가 지금 누구의 산군인지 잘 알고 있다고!"

현이 산호를 향해 시선을 돌렸다.

"넌 이미 한 번 네 산신이 죽어가는 걸 보고만 있었지. 이번에도 그럴 생각인가? 뭐, 그렇대도 난 막지 않겠어. 이건 너의 선택이다."

피범벅이 된 산호의 모습을 보름이 가만히 보았다.

진짜로 산호가 원하는 것.

"가."

산호가 믿을 수 없다는 표정으로 보름을 보았다.

"당신, 지금 뭐라고……."

"가라고. 지금 당장 가!"

보름이 소리쳤다.

"이건 내 명령이야!"

그 말에서야 산호는 보름이 무엇을 명령하는 건지 알아차렸다.

"가서 네가 풀어야 할 것들을 풀어. 그게 지금 내가 너에게 원하는 거야."

"하지만, 보름 지금 당신은……."

그러나 보름은 자신만만한 미소를 지었다.

"그건 신인 내가 해결해야 할 일이지. 산군 따위가 걱정할 일이 아니야."

보름이 배트를 집어 들었다.

"그러니 네가 할 일을 전부 다 하고……."

둘의 시선이 마주쳤다.

함께 생활하면서 몇 번이고 마주쳤던 눈길이었다. 그러나 지금 이 순간만큼은 좀 더 특별한 의미를 담고 있었다.

"그리고 다시 나에게 돌아와. 그것만이 내가 바라는 거야. 그러니까 이제 가!"

보름이 크게 외친 것과 동시에 산호가 그대로 바다를 향해 뛰어들었다.

☾

산과 바다는 달랐다. 당연한 말이겠지만.

산군으로서 산호는 바다와는 먼 생활을 했다. 언젠가 한번 보름이 바다에 놀러 가고 싶다고 했을 때도 혼자서 다녀오라고 했을 정도였다.

보름이 그때 혼자서 바다에 갔다 왔던가. 잘 기억이 나지 않았다. 아마 가지 못했을 것이다. 보름이 이쪽 세상에 계속 존재하려면 끊임없이 귀들을 먹어치워야만 했으니까. 그러려면 시간과 노력을 어마어마하게 들여야 했다.

물론 쉬운 길이 있었다. 상대하기도 귀찮고 먹어봤자 얼마 힘도 안 나오는 악귀들을 상대하기보다 태어난 지 얼마 안 된 신들이나 혹은 소멸을 앞두고 있는 신들을 먹으면 그만이었다. 그러나 보름은 그러지 않았다. 산신들에 대한 욕은 했지만 그래도 신과 신 사이에 지켜야 할 선을 넘지는 않았다.

그랬기에 산호도 지금껏 보름과 함께 다닐 수 있었다. 보름이 가지고 있는 마음을 이해하고 믿었기 때문에.

쏴아아!

커다랗게 치는 파도가 산호의 얼굴을 뒤덮었다. 정신이 다시 들었다.

저 멀리, 희미하게 떠 있는 등불이 보였다. 깜박이는 등불의 모습이 지금 자신의 모습과 비슷해 보였다.

사방은 커다란 물뿐이었고 등불을 실은 나무배는 큰 파도가 치면 엎어질 거였다.

아래로는 검고 검은 바다.

두렵지 않은 건 아니었지만 산호에게는 다시 돌아오라는 보름의 명령이 있었다. 산군에게 가장 중요한 산신의 명령. 그걸 받들려면 두려움 따위는 이겨내야 했다. 산호가 큰 숨을 한 번 들이마셨다. 그리고 저 깊은 바다 안으로 들어갔다. 강한 파도가 산호를 감싸 안았다.

저 멍청한 것이 스스로 무덤길에 들어서는구나

그 누구도 네가 이곳에서 숨을 거둔 줄 모를 터인데
어찌하여 여기까지 오셨소

움직이는 해류 사이로 들리는 노래와도 같은 목소리들.

산호는 목소리들을 따라 움직였다. 점점 더 확실해졌다. 그 목소리들 사이에 산호가 원하던 것이 있었다.

잊을 수 없는 마고의 기운.

살아 움직이는 기운이 바다 안에 있었다. 그 남자가 지금까지 어떻게 마고를 숨겨왔는지는 알 수 없었지만 마고의 기운이 다하기 전에 찾아야만 했다. 주어진 시간이 얼마 없었다.

'마고 님, 도대체 어디에……'

쿵!

바다 안이 흔들렸다.

분명한 진동이 무거운 바닷물을 매개로 이쪽까지 전해져왔다. 사방을 둘러싼 물이 거대하게 흔들리는 기분. 그건 산호도 처음으로 느끼는 감각이었다.

검은 바다 안은 아무것도 보이지 않았다. 전부 도망쳐버린 것만 같았다. 오로지 물로만 가득 차 있는 까마득히 깊은 공간. 거기에 홀로 떠 있는 기분이 들었다.

쿠웅!

떠 있는 산호의 온몸이 또 한 번 흔들렸다.

뭔가. 온다.

그 생각이 머릿속을 가득 채웠다. 온몸에 소름이 돋았다.

온다.

이쪽으로.

드넓은 바다를 건너 뭔가가 이쪽으로 오고 있었다. 설명할 수 없는 두려움이 산호를 휘감았다. 저것이 이곳에 당도하면 모든 것이 끝날 거였다. 그것이 무엇이든 간에 그럴 만한 힘이 있었다.

'안 돼.'

다시 앞으로 나아가려 했다. 그러나 굳어버린 몸에 힘이 들어가지 않았다.

'안 돼, 안 된다고.'

여기서 이대로 가라앉을 수는 없었다.

'그리고 다시 나에게 돌아와.'

그건 보름의 마지막 명령이었다. 산군은 산신을 위해 존재했다. 죽는다 해도 돌아가서 죽어야만 했다.

'가!'

그 한 마디와 함께 산호가 다시 앞으로 움직였다.

쿵!

바다를 울리는 진동은 점점 가까워졌다. 산호는 느껴지는 마고의 힘을 따라 온몸의 힘을 짜내 움직였다.

그러던 산호의 시야에 뭔가가 보였다.

처음에는 그저 물결에 일렁이는 해초라고 생각했다. 그러나 그것은 해초보다 더 가느다랗고 가볍게 나풀거렸다.

좀 더 가까이 다가가자 어디선가 많이 본 것이라는 생각이 들었다. 그게 무엇인지 떠올렸을 때 산호는 그 자리에 얼어붙고 말았다.

머리카락.

물결에 휘날리는 것은 머리카락들이었다. 흩날리는 머리칼 사이로 보이는 둥근 이마, 새하얀 뺨, 손가락.

고요히 눈을 감은 채 물 아래 잠겨 있는 건 분명 사람이었다.

등골을 타고 소름이 돋았다. 하지만 저들 역시 현의 계획에 희생된 자들일 게 분명했다. 그러니 구할 수 있다면 구하고 싶었다.

그러나 가까이 다가가려던 산호의 움직임이 뚝 멈췄다.

물결의 흔들림 사이로 그 아래 뻗은 것이 보였다. 흔들리는 머리칼, 잠이라도 든 것처럼 누워 있는 여자 아래로 보이는 것은…….

사람, 사람, 사람, 사람.

여자는 그저 가장 위에 쌓인 조각 중 하나일 뿐이었다.

그 아래로 첩첩이 사람들이 길게 쌓여 있었다.

바다 한가운데 저 깊고 어두운 곳까지 쌓여 만들어진, 사람 기둥.

그걸 알아챈 순간 산호는 숨이 턱 막혔다.

도망쳐야 했다. 이곳엔 더 이상 그 무엇도 존재할 수 없었다. 손발이 덜덜 떨려왔다. 눈을 감고 싶었다. 그러나 눈도 감기지 않았다.

치뜬 눈에 그 뒤의 광경이 들어왔다.

하나가 아니었다.

깊은 바다에 쌓여 있는 인간 기둥이, 하나가 아니었다.

그 뒤로 또 다른 기둥이 보였다. 그리고 그 뒤로 또 하나, 다시 하나, 다시 또.

그것은 깊은 바닷속에 펼쳐진 지옥도였다.

있어서는 안 될 광경이 눈앞에 번듯하게 드러나 있었다.

수많은 사람들이 깊은 바다 아래 차곡차곡 쌓여 만든 기둥들.

쿵!

다시 한번 울리는 소리.

바다에 세워진 기둥. 그리고 이쪽을 향해 건너오는 것.

그 모든 것이 합쳐져 거대한 계획의 면모를 드러냈다.

"그렇게 하고선 배신이 아니라고 우길 생각인가요?"

그렇게 묻는 현의 목소리엔 비웃음이 배어 있었다.

"마음대로 생각해."

"저 짐승은 돌아오지 않을 겁니다."

"그럴지도 모르지."

"보름, 당신은 혼자 남았어요."

"그래서 뭘 어쩌라고. 난 원래부터 혼자였어."

현이 그렇게 말하는 보름을 보았다.

"그렇게 말씀하실 수 있군요, 당신께서는. 정말로 그동안 저는 안중에도 없었던 겁니까?"

"그런 쓸모도 없는 이야기는 그만해. 그믐은 어디에 있지?"

현이 검을 들어 올렸다.

"대답해주세요. 정말로 한 번도 나를 생각하지 않았나요?"

아무것도 보이지 않는 어두운 바다, 달도 별도 없는 하늘.

"우리에게 남은 건 아무것도 없어. 그건 네가 선택한 결과다."

"나를 이렇게 만든 건 당신이에요. 난 당신이 그걸 책임지길 바랍니다."

"내 목숨으로?"

"당신의 영원으로."

그 말에 배트를 잡은 보름의 손에 힘이 들어갔다.

"죽음보다 더한 걸 원할 줄은 몰랐군."

"당신이 깨어나기까지, 그리고 우리가 준비되기까지 기다리는 시간은 인간인 저에게는 영원과도 같았거든요. 그러니 나도 같은 걸 요구하는 거지요."

"들어줄 수 없는 소원이야."

보름은 딱 잘라 대답했다.

그와 함께 어느새 이쪽으로 다가온 현의 검이 번뜩였다. 보름의 배트가 그것을 받아냈다. 서로의 힘이 실린 무기가 맞닿으며 강력한 불꽃을 만들었다.

아까보다 훨씬 가까워진 둘의 거리.

현이 검 너머에 있는 보름의 얼굴을 그대로 빨아먹을 듯이 바라보았다. 그리고 흘러나오는 달콤한 한숨.

"여전하시군요."

농밀한 감정을 담은 현의 숨결이 보름의 뺨에 닿았다. 그것은 안개처럼 깨어지고 동시에 스며들었다. 솜털이 오소소 일어났다.

"당신을 처음 봤던 순간, 나는 사랑에 빠졌지요. 그때부터 알았습니다. 당신이 나를 엉망으로 만들 거라는 걸."

보름이 현의 검을 밀어냈다. 그러나 다음 공격 역시 가로막히고 말았다.

"엉망 정도가 아니었습니다. 당신은 날 찢고 부수고 결국은 인간이 아니게 만들었어요."

"그래서 너도 날 이렇게 만든 거야?"

보름의 물음에 현이 희미한 미소를 지었다.

"네."

그야말로 당당한 대답이었다.

"인간이 신을 사랑해서 좋은 결말이 날 순 없는 법이잖아요. 당신들의 사랑은 무자비하기 이를 데가 없으니까. 하지만 그럼에도 불구하고 나는 당신을 사랑하는 수밖에는 없었지."

그의 눈동자에서는 사랑이 뚝뚝 흘러넘쳤다.

그의 말은 전부 고백이었다.

독과 같은 사랑이었다.

"다 알면서 선택한 사랑인데 뭐가 그렇게 억울했어. 이렇게까지 나를 기다릴 정도로?"

보름의 말에 현의 얼굴이 일그러졌다. 보름이 말을 이었다.

"나도 널 사랑했어."

보름의 새카만 눈동자가 현을 담았다. 그의 얼굴엔 너무 많은 감정들이 뒤죽박죽으로 섞여 있었다.

"하지만 그때 이미 끝난 사랑이야. 나에게 지금의 너는 아무런 가치도 없어."

그 대답에 순간 현이 들고 있는 검에 푸른 불꽃이 확 일렁거렸다.

"그럼 내가 지금 보여줄게요. 나의 가치를."

방금 전과는 비교도 되지 않을 만큼 강력한 힘이 보름을 찍어 눌렀다.

"그동안 나도 꽤나 노력했거든요."

점점 더 커지는 검의 불꽃이 맞닿아 있는 보름의 배트를 감쌌다. 현의 검이 울어대더니 곧 보름의 배트를 동강 냈다.

쾅!

잘린 배트의 한쪽이 바닥으로 떨어졌다.

바로 안으로 밀고 들어오는 검을 피해 보름이 배트를 버리곤 뒤로 몸을 물렸다. 그러나 움직임을 예상한 현에게 막혀버렸다.

날카로운 현의 검이 보름의 목덜미에 닿았다. 그의 다른 손은 보름의 허리를 단단히 받쳤다. 더 이상 도망칠 수도 없게 잡힌 보름이 그에게 안긴 채로 가만히 현을 올려다보았다. 현이 조용히 속삭였다.

"당신은 신으로 태어나 자란 존재지요. 그러나 나는 인간으로 태어나 신이 된 사람입니다. 이게 우리의 차이에요, 보름."

보름의 시선이 바다 쪽을 향했다. 무슨 생각을 하는지 다 안다는 듯 현이 피식 웃었다.

"당신의 산군이 되돌아오길 바라는 건가요? 내가 말했잖아요. 그 짐승 녀석은 되돌아오지 않을 거라고."

현이 보름 쪽을 향해 고개를 숙였다. 둘의 숨이 섞일 만큼 가까워졌다.

그러나 보름은 피하지 않았다. 그대로 현을 노려볼 뿐이었다.

"당신은 배신당했어요. 눈앞에서."

"그렇다고 해도 네 앞에서 울 것 같아?"

현이 웃었다.

"아쉽네요. 보고 싶었는데. 하지만 우리에게 앞으로 남은 시간은 길 테니까."

그렇게 말하는 현을 마주 본 채 보름이 입술을 위로 끌어 웃어 보였다.

보름은 시간을 끌고 있었다.

중요한 건 김현이 아니었다. 그믐이었다. 도대체 지금까지 어디에 있었는지 보름은 그믐의 기척도 느낄 수 없었다. 그래서 어쩌면 그믐이 소멸했을지도 모른다고 생각했다. 그믐이 살아 있다면 가장 먼저 자신을 찾아올 거였으니까.

'어디냐. 어디서 오는 거지, 그믐.'

그때, 커다란 진동음이 사방을 울렸다.

쿵!

땅과 바다가 흔들렸다. 거대한 힘의 파동이 이곳을 전부 뒤덮었다.

그건 보름에게 너무나 익숙한 힘이었다.

"드디어 영원한 어둠께서 이 땅으로 오시는군요."

뎅—

긴 종소리가 울렸다. 그건 채비를 하라는 신호였다. 곧 당도할 영원한 어둠을 위해 경배를 바칠 채비를 위한 신호.

쏴아아, 쏴아.

그리고 들리는 파도 소리.

바다에서 뭍으로 향하는 그 소리를 따라 이쪽으로 무언가 다가왔다. 천천히, 하지만 확실하게.

'밤바다에 파도가 칩니다.'

김현의 흔적을 쫓아 들어갔던 클럽에서 들었던 문장이 떠올랐다. 보름이 저도 모르게 이어진 문장을 말했다.

"……바다에는 달이 뜹니다."

그리고 마지막 물음.

'그 바다에 뜬 달은 어떤 색인가요?'

검은 바다 위로 떠오르는 것.

그것은 검은 달이었다. 영원한 어둠이었다.

너른 바다를 건너 이곳으로 오는 거대한 무리들. 보름은 몸을 움직이지도 못한 채 멍하니 그 광경을 보았다.

쏴아아, 쏴아아, 쏴아아—!

파도의 흐름을 따라 저 멀리서 등불들이 이쪽으로 향했다. 검은 밤바다에 뜬 수많은 불빛들. 바닷물에 그 빛이 비쳐 일렁거리며 천천히 떠왔다.

그건 깨지 못할 깊은 악몽.

등불을 든 귀들의 행렬이 길게 길게 이어졌다. 그리고 그 귀들이 모시고 오는 것은 하늘을 찌를 듯이 큰 검은 신당이었다.

"어떻게……."

귀는 바다를 건너지 못한다.

그러나 지금 보름의 눈앞에 펼쳐진 광경.

수많은 귀들이 짙은 어둠을 모신 채 바다 위를 건너오고 있었다.

쿵, 쿵, 쿵.

행렬을 이어 오는 귀들이 발을 내딛을 때마다 커다란 진동이 울렸다.

"설마."

그제야 보름은 클럽 안에서 보았던 사람들과 그들을 제물로 삼은 이무기들을 떠올렸다.

온몸에 소름이 끼쳤다.

"……너, 사람 기둥을 세웠구나. 저 바다에."

보름의 말에 현이 웃었다.

"그 긴긴 세월 동안 우리가 뭘 하고 있었다고 생각했는지요? 아무것도 하지 않은 채, 그저 당신이 깨어나기만을 기다리고 있었다고 여긴 건 아니겠지요?"

"그럼 네가 소멸시킨 산신들도……?!"

"인간들만으로 저 바다를 건너게 할 만한 기둥을 세우기엔 역부족이었으니까요."

현이 고개를 들어 귀들의 행렬을 보았다.

"보십시오. 제가 만들어낸 걸작입니다. 죽은 산신과 인간들과 인간을 먹고 자란 뱀의 아이들의 머리를 밟고 영원한 어둠께서 오십니다."

쿵, 쿵, 쿵.

"그것은 밤바다 위에 뜬 새로운 달입니다."

모든 것들이 오늘을 위해 준비되었다.

바다 건너 큰 신을 맞이하기 위해 먹이고 씻기고 토막을 치고 먹기 좋게 준비한 것들이었다.

보름이 거대한 검은 신당의 그림자를 보았다. 저것이 이 뭍으로 올라오면 정말로 모든 것이 끝장이었다. 악의와 죄로 똘똘 뭉친 저만한 세력을 막아낼 자는 이 땅 위에 없었으니까.

"보름, 이제 당신은……."

현의 말이 끊겼다. 그의 눈동자가 커졌다.

가까이, 너무나 가까이서 보이는 보름의 얼굴.

서늘한 보름의 숨결이 김현의 입술 위에 겹쳐졌다. 보름은 눈 한 번 깜빡이지도 않았다. 그것은 달의 입맞춤이었다.

보름이 손을 뻗어 자신의 목에 들이댄 현의 검을 빼앗았다. 아니, 건네받았다.

현은 그저 멍하니 서서 검을 보름에게 건네줄 수밖에는 없었다.

현의 검을 손에 쥔 채 보름은 바다에 치는 파도를 밟고서 귀들의 행렬 사이로 뛰어 들어갔다.

끝이 어떻게 된다 해도 지금 저들을 막을 수 있는 건 보름 자신뿐이었다.

카카카칵!

보름이 든 검에 잡귀들이 추수되는 곡식처럼 베어 넘어갔다. 귀들이 든 등불이 유성우처럼 긴 꼬리를 남기며 섬광처럼 스러졌다.

밀려오는 힘에 보름이 이를 악물었다. 머리칼이 뒤로 길게 흩날렸다. 마치 검은 면사포처럼 보였다.

거대한 어둠으로 향하는 보름의 발자취가 귀들의 불빛으로 빛났다. 가운데 서 있는 검은 신당으로 향할수록 검에 실리는 저항도 커졌지만 멈출 수 없었다. 다른 건 중요하지 않았다.

"그믐!"

검은 신당의 벽면에서 뭔가 꾸물거리며 밖으로 빠져나왔다. 그것은 검은 그림자처럼 보이는 사천왕들이었다. 거대한 검은 사천왕이 보름을 향해 공격을 퍼부었다.

"큭!"

사천왕의 검을 겨우 받아냈지만 그것만으로는 그들을 막을 수 없었다. 사천왕 중 둘이 어느새 뒤에서 보름을 공격했다.

"이 정도로……!"

피했다고 생각했지만 사천왕의 검은 몸에서 흘러나온 그림자들이 줄기처럼 뻗어 보름의 팔을 휘감았다. 바로 끊어냈지만 끊어낸 자리에서 이번엔 두 개의 줄기가 뻗어 나왔다. 곁가지를 잘라내봤자 소용없다는 걸 알아차린 보름이 그대로 줄기를 제 쪽으로 잡아당겨 사천왕을 끌어왔다.

푸욱!

사천왕의 얼굴 한가운데로 검을 꽂아 넣었다.

'됐다.'

바로 다음 사천왕을 공격하려던 보름이 멈칫거렸다. 갈라진 얼굴 사이로 또 다른 얼굴 하나가 돋아났다. 검은 얼굴이 입을 쩍 벌렸다. 튀어나온 긴 혀가 그대로 보름의 목을 졸랐다. 순간 중심을 잃은 보름의 사지를 뒤에 있던 다른 사천왕이 휘감았다.

녹아내린 사천왕의 몸이 보름 위로 뒤덮였다. 거대한 검은 그림자가 보름의 얼굴만 남긴 채 전부 먹어버린 모양새였다.

"헉……!"

보름이 가쁜 숨을 뱉었다.

귀들의 행렬은 그대로 보름 앞에 검은 신당을 가져다 놓았다. 모습이 비칠 정도로 매끄럽고 새카만 신당의 벽이 보름의 눈앞에 다가왔다.

신당의 벽 한쪽이 일렁거렸다.

물이라도 끓는 것처럼 보글보글 기포가 올라오기 시작한 벽. 그 벽 안쪽으로 뭔가가, 나왔다.

얼굴이었다.

둥근 이마, 코, 뺨, 턱과 귀. 일렁이는 벽을 뚫고 나온 어린아이는 눈을 감고 있었다. 그러곤 첫 숨을 길게 들이마셨다.

사천왕의 그림자에 붙잡힌 보름이 그 아이를 힘겹게 바라보았다.

아이가 천천히 눈을 떴다. 커다란 눈동자는 전부 새카맣게 물들어 있었다. 두 개의 둥근 지옥이 보름을 마주 보았다.

밤바다에 떠오른 달의 색깔은…….

"보름."

드디어 만났다는 듯 그믐이 보름의 이름을 불렀다. 그믐의 얼굴에 천진한 미소가 퍼졌다.

"내가 이렇게 올 거라곤 생각도 못 한 얼굴이네?"

그믐을 향한 보름의 눈에 핏발이 섰다.

"네가 어떻게, 아직도 있는 거지?!"

"그건 보름 네가 지금까지 있는 것과 똑같은 이유겠지. 왜. 나라고 그렇게 소멸했어야 할 것 같아? 우리 둘 다 지금까지 살아 있다는 게, 무슨 뜻인지 너도 잘 알고 있겠지. 아직 달의 주인이 결정되지 않았다는 거야."

그렇게 말한 그믐이 잡혀 있는 보름을 보았다.

"그것도 이제 곧 정해지겠지만. 어때, 그동안 재미있었어? 새로운 삶을 살수도 있겠다고 생각했던 꿈같은 시간들 말이야."

그렇게 말한 그믐이 활짝 웃어 보였다.

"대체…… 이곳에서 얼마나 많은 죄를 지은 거지? 그렇지 않고서야 이 정도 힘을 가질 수는 없을 텐데."

저 아래로 보이는 수많은 요괴와 귀들.

"몰라? 세어보지도 않아서. 하지만 뭐가 됐건 너보다는 열심히 했겠지."

쿵, 쿵, 쿵.

보름을 잡아둔 채 검은 신당은 계속해서 행진했다. 뭍이 점점 가까워지는 게 느껴졌다.

"당연히 넌 내가 소멸했다고 생각했겠지? 그 땅에서는 내 기운을 느낄 수 없었을 테니 말이야."

아래에서 흔들리는 등불을 그믐이 만족스러운 얼굴로 바라보았다.

"덕분에 재밌었어. 인간들처럼 뭔가 목표가 있으니 시간이

빨리 흘러가더라고. 널 먹어치우고 월신의 자리에 오른대도 지금 같은 기분은 다시 느끼지 못할 거야."

천진한 미소와 함께 그믐이 보름의 뺨을 만졌다.

"이곳의 산신들도 전부 내 먹이가 되겠지. 날 이 땅에서 내친 벌은 받아야 하지 않겠어? 그리고 빈 이곳의 땅은 내가 데려온 귀들의 것이 될 거야."

"땅도 하늘도 전부 차지하겠다는 생각이야?"

"응. 그러면 안 돼? 전부 다 내 거야."

그믐이 보름을 향해 가까이 얼굴을 들이밀었다.

"그러니까 이제는 그만 나에게 먹혀."

보름이 기다린 건 그 순간이었다. 그믐이 이쪽으로 몸을 기울였을 때, 잡혀 있던 오른손을 빼내 휘둘렀다.

보름이 들고 있던 검이 그대로 그믐의 목을 관통했다.

"아니, 먹히는 건 너야."

새카만 피 같은 게 그믐의 목에서 주르륵 흘러내렸다. 놀란 듯 커다랗게 치뜬 그믐의 눈동자. 거기에 보름의 얼굴이 비쳤다.

"내가 지금까지 아무것도 하지 않고 있었는 줄 알아?"

그믐의 입이 뭔가 말하고 싶은 듯 벙긋벙긋 움직였다. 그러나 목소리는 흘러나오지 않았다.

"너를 끝내는 건 나다."

그믐의 목구멍 사이로 그르릉거리는 소리가 났다.

"하······."

새어 나오는 쇳소리.

마지막 일격을 위해 그믐에게 박힌 검을 빼 들려고 했다. 그러나 보름의 생각처럼 되지 않았다.

"하하하하하하하!"

커다랗게 웃는 소리가 보름의 귀청을 때렸다.

목에 검을 꽂은 채 그대로 그믐의 몸이 커다랗게 부풀어 올랐다. 그믐이 빠져나온 검은 신당이 줄어들어 그믐에게 흡수되는 모양새였다.

보름이 고개를 천천히 위로 들어 올렸다.

자신이 찔러 넣은 검은 이미 까마득히 위로 올라가 있었다. 그믐의 몸이 거대한 산처럼 우뚝 솟았다. 밤하늘의 별조차 그믐에게 가려져 보이지 않았다.

그것은 정말 이곳에 당도해버리고만 어둠이었다.

나는 너에게 지옥이 될 것이다

크나큰 어둠 속에서 저주와도 같은 주문이 흘러나왔다.

바다를 건너오는 모든 귀들이 한꺼번에 입을 벌리고 똑같은 말을 전했다.

우리는 이곳에 영원한 어둠을 전하러 왔다

끝이 보이지 않을 정도로 커다란 파도의 모습을 한 어둠이 이쪽으로 전진했다. 저것이 땅에 닿으면 모든 것이 산산조각 날 거였다.

"안 돼, 안 돼……."

그곳엔 보름이 지켜야 할 것들이 있었다.

아무것도 모른 채 기다리고 있을 연화와 방 안에 가득 있는 영귀들, 그리고 산호와 함께 돌아갈 집이 있었다.

아무것도 없다면 맨몸으로 부딪쳐야 했다.

끝의 끝까지, 싸워야 했다.

이를 악문 보름이 힘을 짜내 사천왕의 그림자를 찢고 커다랗게 도약했다.

그리고 정지.

보름의 몸이 허공에 매달린 채 그대로 움직임을 멈췄다.

거대한 어둠 속에서 당기어진 검은 화살이 보름의 심장을 정확히 꿰뚫었다. 그것은 그믐이 긴 시간을 들여 준비한 파월의 화살이었다.

아.

보름의 속눈썹이 파르르 떨렸다.

숨이 제대로 쉬어지지 않았다. 어떻게든 숨을 몰아쉬려고 하는 보름의 시야로 밀려오는 거대한 파도가 보였다.

파도가 몸을 적시면 그대로 눈을 감고.

숨도 마음도 놓고.

안온한 어둠이 가득한 바다로 쓸려 내려가면 그만이었다.

손 하나 까딱할 힘도 남아 있지 않았다. 어디서부터 잘못이었을까? 아니, 그런 걸 지금 와서 생각해도 별 소용은 없을 것이다.

이 긴 싸움에서 보름은 졌다.

어쩌면 그 사실도 잊힐 것이다. 보름이 이 세상에 있었다는 걸 아는 이가 아무도 없을 것이다.

파도가 보름을 덮었다. 보름의 눈이 천천히 덮였다.

깜박, 깜박.

모든 것이 멀어, 진······.

워어어어!

파도 소리를 찢고 그 포효가 들렸다.

산이 아닌 바다를 울리는 소리. 저 아래 깊은 곳에서.

그건 산군의 포효, 호랑이의 울음소리였다.

파도 속에서 겨우 눈을 뜬 보름의 시야에 바닷속 번쩍이는 무언가가 보였다.

쾅!

우르르 흔들리는 진동. 그건 아까의 진동과는 달랐다. 그걸 알아챈 보름이 눈을 크게 치떴다. 그건 분명.

저 아래서 흔들리는 것. 이번의 소리는 건너오는 소리가 아니었다. 그건.

무너지는 소리였다.

보름이 손을 들어 가슴팍에 꽂힌 화살을 뺐다. 새빨간 피가 뚝뚝 흘러내리는 화살촉을 잡은 보름이 위를 올려다보았다.

거대한 파도의 꼭짓점.

그 화살을 쏠 만한 활은 없었다. 보름에게 있는 것은 자기 자신, 그뿐이었다.

　보름이 제 몸을 활로 삼아 화살을 잡아당겼다. 피로 범벅이 된 붉은 화살촉이 마침내 파도의 끝을 향해 날아갔다.

　그건 보름이 가지고 있는 모든 힘을 짜낸 마지막 궤적이었다.

　떨어지는 보름의 시야에 화살이 반짝이는 게 보였다.

　날아가는 화살, 그와 반대로 아래로 낙하하는 보름.

　떨어지는 건 싫은데.

　허공은 무서운데.

　칠 일의 밤낮을 떨어졌기에 보름은 텅 빈 공간이 무서웠다. 그러나 자신의 마지막은 이런 꼴일 모양이었다.

　마침내 산산조각이 날 모양이었다.

　"보름."

　낯익은 목소리가 들렸다.

　꿈일까? 아니면.

　"눈 떠."

　그 목소리에 이끌려 다시 한번 눈을 뜨면……

　산호가 떨어지는 보름을 잡아챘다. 그의 머리칼이 바람에 날리는 게 보였다. 그리고 눈물인지 혹은 그냥 바닷물인지 모를 것도 함께 날렸다.

　"당신이 돌아오라고 했잖아."

　잡은 손에 힘이 들어갔다.

"너무 늦게 돌아와서 정말로 죽는 줄 알았잖아."

"저 아래 있는 기둥들을 전부 무너뜨리는 게 쉬운 일은 아니더라고."

보름이 발아래 펼쳐진 바다를 보았다.

검은 바다는 이제 입을 쩍 벌리고 그 위로 무너진 것들을 삼키고 있었다.

부서진 기둥들과 수많은 귀들, 그리고 산산이 조각난 검은 그림자들. 그림자 조각들 사이로 반짝이는 무언가가 함께 휩쓸렸다.

영원한 어둠의 파도는 저 아래로 사라졌다.

반대편에 퍼진 산불도 전부 희미하게 가라앉았다.

"나의 신, 나의 달."

갠 하늘 위로 그동안 숨어 있던 보름달이 떴다.

휘황찬란한 빛이 세상 만물 위로 내려앉았다.

☾

탁.

책상에 깔린 엽전으로 세 쌍의 눈길이 모였다.

"앗싸!"

그렇게 외친 건 연화였다.

"자, 제가 이겼으니 오늘 점심은 짜장면으로 먹는 거예요?"

"아니, 어떻게 신이랑 산군이 인간이랑 하는 내기에 질 수가 있어?"

어이없다는 표정으로 보름이 고개를 내저었다. 그 모습을 본 산호가 피식 웃었다. 연화가 요새 짜장면에 꽂힌 사실을 잘 알고 있는 보름이 내기에서 일부러 져준 걸 알아차렸기 때문이었다.

"그럼 시킬게요?"

"잠깐."

보름이 손을 들었다. 연화가 눈을 가느다랗게 떴다.

"왜요. 저번처럼 한 번 더 해야 한다느니 하시면 이번엔 아무리 보름 님이라고 해도 안 봐드릴 거예요."

"탕수육도 시키자고."

"아, 좋죠."

연화가 얼른 주문을 했다.

보름이 휴대폰을 들어 메시지를 확인했다. 그러더니 산호에게 물었다.

"나, 산신 톡방에서 나가도 돼? 너무 쓸데없는 이야기가 많이 올라와."

"안 되지. 거기서 나가면 다른 산신들께서 전부 나한테 뭐라고 한단 말이야."

"아니, 무슨 꽃이 피었는지 산속에 고라니가 새끼를 몇 마리 낳았는지 시시콜콜 다 올라온다고."

"그러니까 누가 그런 신문물을 알려주래? 몇백 년을 각자 산속에만 있어서 외로운 양반들이야."

산호의 말에 보름이 깊은 한숨을 쉬었다. 그러곤 톡방 알림 끄기를 선택했다.

그날 이후, 산신들은 반목을 그만두고 자신의 산을 지키는 데 힘쓰기로 약속을 맺었다. 그것은 또다시 다른 곳에서 온 신이 이 땅을 차지하려고 하는 걸 볼 수 없다는 데에서 기인한 약속이었다. 그리고 보름은 진짜 산신으로 인정받았다.

거기엔 산호의 공이 컸다.

"신기해. 아무리 신이라고 해도 이렇게까지 미래를 알고 있을 수는 없는데."

보름의 말에 산호가 고개를 끄덕였다.

"아마 마고 님 역시 모든 걸 전부 알지는 못하셨을 거야. 흘러갈 운명에 얽힐 당신과 나를 믿었던 거겠지."

그날, 그믐을 소멸시키는 데 가장 큰 역할을 한 것은 다름 아닌 이미 죽은 마고였다.

바다 안에서 산호가 발견한 인간 기둥, 그 사이에 마고의 정기를 받은 어린 산신이 있었다. 그건 김현이 만든 미끼였다. 산호와 보름을 갈라놓기 위한 미끼.

그러나 동시에 마고의 미끼이기도 했다.

어린 산신은 마고의 정기를 전부 소화해내지 못했다. 몸을 찾은 마고의 정기는 자신의 산군이었던 산호를 만나 다시 피어올랐다.

마고의 힘은 그믐이 밟고 온 기둥을 만들어낸 인간과 이무기들을 깨웠다. 그들 역시 산에서 힘을 받은 존재들이었기에 마고의 명에 따라 움직였다.

"만약 그때 마고 님께서 김현의 손에 소멸하지 않았다면 그들은 이곳으로 넘어올 다른 계획을 세웠을 테고 그것은 마고 님이라고 해도 막을 수 없는 새로운 방법이었을 테지."

그래서 마고는 언젠가 산호가 자신을 다시 깨우러 올 것을 믿고 죽었다. 그리고 이 산의 정기를 빨아먹고 자란 이무기들이 차곡차곡 바다 아래 기둥을 만들도록 했다.

마침내, 산호가 자신을 다시 찾아와 이것들을 전부 무너지게 만들 수 있도록.

보름은 목숨을 걸고 그믐이 만들어낸 화살을 날렸고 바다 아래서는 산호와 마고가 그들이 서 있는 기둥을 무너뜨렸다.

그게 그날 있었던 일의 전말이었다.

"마고 님은 당신이 자신의 후계자라고 말씀하셨어."

그 산에서 다른 산신이 태어나지 않았던 까닭.

마고는 자신의 산 가운데 호수에 잠들어 있던 보름을 후계자로 삼았다.

"나에게 잘 찾아냈다고 하시더군."

"진짜는 진짜를 알아보는 법이거든."

보름이 씩 웃으며 말했다.

어린 산신의 몸에 되살아난 마고는 아주 짧은 시간만 존재했다. 한번 소멸한 것은 그 흐름을 거스를 수 없다는 듯.

그러나 그것만으로도 산호에게는 충분했다.

마고는 산호의 마음 한편에 존재했던 죄책감을 없애주었고 보름을 완전히 맞이할 수 있게 했다.

"그래서 당신은? 정말로 올라가지 않아도 괜찮아?"

그렇게 묻는 산호의 얼굴은 아무렇지 않았지만 목소리마저 숨길 순 없었다. 묘하게 떨리는 산호의 목소리에 보름이 낮게 웃었다.

"난 늘 내가 있어야 할 자리가 여기가 아니라고 생각했어. 하지만 생각해보니 달도 내 자리가 아니더라고, 이젠."

산호가 가만히 보름의 대답을 들었다.

"물론 나는 다시 월신의 후계자 격을 되찾았지만……."

그믐은 완벽히 소멸했고 그믐의 힘으로 살아남았던 현은 그 바닷가에서 모래처럼 산산이 부서져버렸다.

"달은 이미 셋째 삭이 잘 다스리고 있어. 그리고 여기가 내 집인걸. 가족들도 여기 있고."

보름의 시선이 산호와 연화, 그리고 집 안 구석구석에 닿았다.

"그러니 나는 여기 있을 거야."

그건 새로운 신이 새로운 세상에서 하는 첫 번째 이야기였다.

작가의 말

안녕하세요. 가장 먼저 『불량 여신: 어둠을 쫓는 달』을 읽어 주신 분들께 감사의 말을 전합니다.

이번 이야기는 제멋대로인 주인공이 등장하는 내용입니다. 그동안은 전면에 내세우지 않았던 타입의 주인공이네요. 천방지축으로 구는 보름과 그런 보름을 위해 호랑이 발바닥에 땀 나도록 돌아다니는 산호의 이야기는 쓰는 내내 재밌었습니다. 전체적으로 툭툭 잽을 던지는 느낌으로 썼는데 읽는 동안 전해졌으면 좋겠네요.

그래서 결국 사랑에 대한 이야기입니다.
그중에서도 사랑과 증오, 그리고 결핍에 관해 다루었습니다. 가끔은 이렇게 한여름 장마 같은 느낌의 글도 있으면 좋지 않을까 싶었습니다. 보름과 김현은 첫사랑으로 시작해 몇백 년을 걸쳐 변질된 사랑입니다. '썩어가는 복숭아 향기'라는 콘셉트였습니다. 둘이 붙을 때마다 제 생각보다 더 애증이 뚝뚝 떨어지더군요. 아마 인간으로 태어나 신을 사랑한 자의 휘몰아치는 감정에 저까지 휩쓸린 게 아닌가 싶습니다.

반대로 보름과 산호는 '기브 앤 테이크'의 이해관계에서 시작해 결국은 서로를 진실로 받아들이는 쪽인데, 이쪽은 산호의 성실한 면이 좀 더 관계에 영향을 끼쳤다고 볼 수 있겠네요. 아무래도 산호는 산군치고도 어린 편이니 모든 관계에서 보다 순수했으니까요. 결국 보름이 가지고 있는 상처에 저도 모르게 약을 발라준 건 산호가 아닐까 합니다. 그만이 가지고 있는 사랑의 방식을 통해서요.

어쨌거나 오랫동안 혼자 지내온 보름에게 새로운 가족을 찾아줄 수 있어서 좋았습니다. 인간인 연화와 산군인 산호, 그리고 신인 보름이 함께 하는 가족이라면 앞으로 무슨 풍파가 있어도 잘 지낼 수 있을 테지요. 피를 나눈 가족보다 이렇게 아무것도 섞이지 않았는데도 불구하고 모인 이들이 가끔은 더 가족다운 느낌을 내기도 합니다. 그건 아마 피보다도 진한 감정과 유대감이 그들을 엮어주기 때문이 아닐까 싶습니다. 그러니 이 이야기는 진짜 나를 찾아가는 것, 그리고 진짜 가족을 찾는 과정이라고도 볼 수 있겠습니다.

　마지막으로 늘 저를 응원해주는 가족과 친구들에게 감사의 말을 드립니다.
　또한 이 책이 나오기까지 많은 도움을 주신 자음과모음 편집부와 담당자님께도 감사하다는 말 드리고 싶습니다.

　저는 앞으로 또 재밌는 이야기로 돌아오겠습니다.
　이야기를 읽으신 분들에게 달과 산의 축복이 함께하길 바랍니다.

2025년 여름
박에스더

불량 여신
어둠을 쫓는 달

ⓒ 박에스더, 2025

초판 1쇄 인쇄일 2025년 7월 21일
초판 1쇄 발행일 2025년 7월 31일

지은이	박에스더
펴낸이	정은영

편집	김수진 임종현
디자인	홍선우
마케팅	최금순 이언영 연병선 송의정 김정윤
저작권	신은혜
제작	홍동근

펴낸곳	네오북스
출판등록	2013년 4월 19일 제2013-000123호
주소	04047 서울시 마포구 양화로6길 49
전화	편집부 (02)324-2347, 경영지원부 (02)325-6047
팩스	편집부 (02)324-2348, 경영지원부 (02)2648-1311
이메일	neofiction@jamobook.com

ISBN 979-11-5740-473-5 (03810)

이 책의 판권은 지은이와 네오북스에 있습니다.
이 책 내용의 전부 또는 일부를 사용하려면 반드시 양측의 서면 동의를 받아야 합니다.